Für Andrea

Peter Henning

DIE TOTE VON SANT ANDREU

Roman : **TRANSIT**

INHALT

KÖLN

Der Anruf

Halms Welt blieb an einem Montag stehen. Kurz nach elf Uhr morgens. An einem Tag wie jeder andere.

Später wird er sagen: »Ich habe es gewusst! Nein, nicht gewusst, aber geahnt. Schon beim Aufstehen kurz nach Sieben habe ich so ein flaues Gefühl gehabt! Ein dumpfes, undefinierbares Rumoren im Magen, das sich mit der Zeit in eine leichte Übelkeit gesteigert hat. Bis ich schließlich gegen halb neun glaubte, mich übergeben zu müssen, ins Bad lief, den Deckel der Toilette hochklappte und würgte.«

Er war auf die Knie gegangen und hatte ein paar Mal hellen Schleim gespuckt. Schnaufend und leicht zitternd hatte er sich den Mund ausgespült und mit einem Stück Toilettenpapier abgewischt. Dann waren die Kopfschmerzen gekommen.

Er hatte lange warm geduscht, im Anschluss einen Kaffee getrunken und einen Zwieback gegessen, hatte danach eine Aspirin genommen (und später noch eine!) und sich langsam besser gefühlt. Und beschlossen, das um neun Uhr beginnende Seminar doch abzuhalten.

Lennart Halm lehrte seit etwas mehr als fünf Jahren Kreatives Schreiben, hatte als Lehrbeauftragter begonnen, später als Dozent gearbeitet und war inzwischen ordentlicher Universitäts-Professor.

An diesem Morgen hatte trübes Gaslicht geherrscht, als er über den Campus lief. Zwischen den dürren Kronen der das Gelände nach Westen hin begrenzenden Kastanien hatten sich vergeblich einzelne wenige Sonnenstrahlen hindurch zu kämpfen versucht. Das Grau schien von innen heraus zu leuchten wie eine matte Glühbirne, fahl und winterlich.

Lennart Halm war gerade dabei, mit Kreide (in einigen älteren Seminarräumen gab es tatsächlich noch die altmodischen Tafeln samt Kreide und Schwamm) Gedanken des amerikanischen Kritikers und Schriftstellers John Gardner an die Tafel zu schreiben, als die Tür aufging und Parminder, seine wissenschaftliche Hilfskraft, den Raum betrat.

»Ja? Minda?«, fragte er und sah die junge Frau überrascht an. »Was gibt's?«

»Kommen Sie bitte kurz?«, sagte sie und machte ihm ein Zeichen, ihr auf den Gang zu folgen.

»Ja sofort!«, er wandte sich den Studenten zu: »Notiert euch das bitte, ich möchte das nämlich mit euch diskutieren. Bin gleich wieder da!« Dann legte er die Kreide auf das Tafelbrett und lief hinaus.

Parminder hielt einen dicken Packen Kopien so vorsichtig unter dem Arm, als handele es sich um einen Karton mit zerbrechlicher Ware. Daran würde er sich später erinnern, wenn er an die folgenden Minuten auf dem zugigen Gang zurückdächte. An die Art, wie sie durch steten Druck ihres rechten Unterarms auf die Papiere und damit gegen ihre Hüfte versucht hatte, deren Herausrutschen zu verhindern.

»In deinem Büro warten zwei Männer auf dich. Sie sind von der Polizei und haben mich gebeten, dich zu holen! Kommst du?«

»Polizei?«, wiederholte Halm ungläubig, versuchte dann aber seine Überraschung ein wenig herunter zu spielen und sagte mit einem beflissenen Lächeln. »Ist gut, danke!«

Weil die junge Frau aber keine Anstalten machte, zurück zu ihrer Arbeit in ihr Büro zu gehen, sondern ihn fragend ansah, sagte er: »Ja, Minda? Sonst noch was?«

»Ich weiß, ich sollte das nicht fragen, entschuldige«, sagte sie, »aber wieso kommt die Polizei hierher?« Im nächsten Moment warf sie einen prüfenden Blick auf den leicht verrutschten Packen unter ihrem Arm, als könne er jeden Moment mit einem Klatschen zu Boden stürzen wie eine Katze, die aus einem plötzlich aufspringenden Transportkäfig springt.

Halm fühlte, wie die Übelkeit vom Morgen in Wellen zurückkehrte, legte intuitiv eine Hand auf seinen Bauch und sagte: »Keine Ahnung, wirklich!«

»Alles o.k. mit dir?«, fragte sie, in Anspielung auf seine Geste. »Ist dir nicht gut?«

»Doch, doch, alles in Ordnung«, antwortete Halm, nahm die Hand von seinem Bauch und lächelte angestrengt.

Parminder, die Tochter eines Brahmanen-Ehepaares aus Kalkutta, verfügte über ein verblüffendes Einfühlungsvermögen in die Texte, die er ihr zu Lesen gab. Sie liebte, das hatte sie ihm erzählt, die Geschichten von Jhumpa Lahiri und die Romane von Rohinton Mistry und Arundahti Roy, schrieb aber bei ihm ihre Magisterarbeit über den »Einfluss des Alltagssprachlichen in den Erzählungen von Wolfdietrich Schnurre und Siegfried Lenz«.

Nachdem er Minda gebeten hatte, die Leitung des Seminars für eine Viertelstunde zu übernehmen, lief er hinüber zu seinem Büro am nördlichen Ende des Campus. Vor dessen Tür standen die beiden Männer, beide in Zivil.

»Guten Morgen, meine Herren, was führt Sie zu mir?«, sagte Halm und schüttelte beiden erwartungsvoll die Hand.

»Hauptkommissar Marenke, Polizei Köln, das ist mein Kollege Bauer. Sie sind Lennart Halm, nur um sicher zu gehen?«

»Ja, der bin ich! Was gibt's?«

»Die spanischen Behörden haben uns gebeten, Sie aufzusuchen, nachdem sie sich zuvor an die deutsche Botschaft vor Ort gewandt hatten. Es tut mir leid, Herr Halm, aber wir müssen Ihnen mitteilen, dass Ihre Schwester Luise Halm heute früh Opfer eines Terroranschlags in Spanien wurde. Zwei Selbstmordattentäter haben sich in zwei Waggons der Metro in Barcelona in die Luft gesprengt und dabei unter anderen Ihre Schwester mit in den Tod gerissen. Gleichzeitig möchte ich Ihnen unser Mitgefühl aussprechen!«

Keine zehn Minuten später war ihr Gespräch beendet und die beiden Polizisten verschwunden, und Halm sehnte sich in die gefahrlose Stille zurück, die geherrscht hatte, bis Minda im Seminarraum erschienen war. Er hatte den Ausführungen des Polizeibeamten von einem gewissen Moment an mit angehaltenem Atem gelauscht. Alles in ihm hatte sich dagegen gesträubt, das Gehörte zu begreifen. Die Worte Barcelona, Terroranschlag, Schwester und tot waren ihm wie Steine an den Kopf geflogen und hatten einen stumpfen Schmerz erzeugt. Dann war das Zittern gekommen. Unkontrollierbar und bedrohlich. Er hatte sich am steinernen Fensterbrett im Flur festgehalten und plötzlich so heftig zu schwanken begonnen, dass er glaubte, jeden Moment umzufallen.

Halm war dann in sein Büro gegangen, hatte sich eingeschlossen, an seinen Schreibtisch gesetzt, beide Hände vor sich auf die Schreibunterlage gelegt und sein Gesicht darin vergraben.

Der Riss

Nachdem er sein erhitztes Gesicht am Waschbecken unter dem eiskalten Wasser gekühlt hatte, ging er zurück in den Seminarraum und erklärte seinen erstaunten Studenten, die Sitzung aufgrund einer dringenden persönlichen Angelegenheit leider nicht fortsetzen zu können. Er warf seine Sachen in die Tasche und lief aus dem Raum.

»Was ist denn, Lennart?«, rief Minda ihm hinterher, als er wortlos an ihr vorbei ging.

»Später, lass mich bitte!«, erwiderte er halblaut, hob ohne sich noch einmal umzudrehen beschwichtigend den linken Arm, und lief in den nahegelegenen Park.

Er warf seine Aktentasche auf eine der leeren Bänke und setzte sich, nahm sein Smartphone hervor und schrieb der Fakultäts-Sekretärin Gabriele Schlüter eine Mail, in der er sie bat, die für die Woche anberaumten Seminare abzusagen. Er nannte ihr den Grund und kündigte an, sich aus Spanien zu melden, sobald er die dortige Lage ein wenig überblicke. Dann schaltete er das Gerät aus und schob es zurück in die Tasche.

Von den nahen Ringen drang das gleichförmige Rauschen des Verkehrs herüber, nur dann und wann unterbrochen vom Kreischen der Bremsen der Straßenbahnen.

Er saß bereits eine ganze Weile auf der Bank, hielt seinen Oberkörper mit beiden Armen umfasst, als suche er Halt bei sich selbst, und ließ seinen Blick ziellos über die freie Ebene mit den ausgestorbenen Kronen der Bäume gleiten. Dann sank er gegen die Lehne und schloss die Augen.

Die Feuchtigkeit des Wintermorgens kroch ihm unter die Kleider, und eigentlich hätte er frieren müssen. Doch er fühlte nichts. Das kleine Außenthermometer auf dem Balkon seiner Südstadtwohnung hatte am Morgen gerademal drei Grad Celsius angezeigt. Nun mochten es allerhöchstens fünf sein.

Unwillkürlich bewegte er seinen Oberkörper vor und zurück, genau wie die beiden Unfallopfer, die er kürzlich auf der Autobahn gesehen hatte, ein Mann und eine Frau, die etwas abseits von einem völlig zerstörten Fahrzeug am Straßenrand gestanden, sich bei den Händen gehalten hatten und immerzu wortlos hin- und herwiegten, vor und zurück, als sei das schreckliche Ausmaß der Katastrophe, in die sie kurz zuvor geraten waren, nur so halbwegs erträglich.

Jetzt verstehe ich, dachte er, und sah die beiden vor sich. Zwei Körper, die sich wie in einem absurden Tanz oder Ritual unaufhörlich vor und zurück bewegten.

»Die genaue Zahl der Todesopfer lässt sich angesichts der vielen Schwerverletzten zum jetzigen Zeitpunkt noch nicht genau beziffern«, hatte Marenke gesagt. Sicher sei aber wohl, dass Luise unter den Getöteten sei. Die spanische Polizei habe Hinweise gefunden, die unstrittig auf ihre Person hindeuteten. Der IS habe sich über ein dem katalanischen Sender Catalunya Radio unmittelbar nach dem Anschlag zugespieltes Schreiben zu der Tat bekannt.

Die Katastrophe hatte ihn durch ein paar aufgesagte Fakten erreicht. Die dünne, eben noch als schützend empfundene Haut der Normalität war jäh gerissen, und die Zugluft, die durch den entstandenen Riss ungebremst einströmte, war eisig und rau.

Zum Schluss hatten sie ihm einen Zettel mit dem Namen, mehreren Telefonnummern und der Adresse des ermittelnden

Sondereinsatzkommandos in Barcelona übergeben, sich verabschiedet und waren in ihren Polizeialltag zurückgekehrt, zu dem das Überbringen solcher Nachrichten offenbar ebenso zählte wie das Anhalten eines zu schnell gefahrenen Wagens oder das Absperren eines Tatorts mit rot-weißem Flatterband.

Um ihn herum herrschte das eintönige Grau eines kühlen Novembertages. Der Himmel war ein konturloses Blatt, plan und ohne jede Tiefe, in das ein über die Dächer hinweg fliegender Vogelschwarm dunkle, fahrige Striche zog. Das Stillleben winterlicher Verödung.

Überraschend kehrte der Vogelschwarm in einer weitausholenden Schleife zurück und schrieb eine dunkle Halbkreislinie in das Graublau. Plötzlich löste sich ein einzelnes Tier aus der Formation, scherte aus, driftete ab und versank steil, wie von einer Gewehrkugel getroffen, hinter dem Hauptgebäude.

Als Kinder waren sie Nachmittage lang durch die weitläufigen Auen des Rheins gestreift, er und Luise, am liebsten durch die Poller Wiesen, und Faltern nachgejagt, Schachbrettern, Großen Ochsenaugen und den feuerrot leuchtenden kleinen Dukatenfaltern, um sie, wenn er sie mit seinem Netz erhascht und mit Chloroform betäubt hatte, in die Sammelbüchse zu legen, die Luise trug. Zuhause präparierte er die Schmetterlinge in minutiöser Kleinarbeit mit Nadeln und Papierstreifen auf den Spannbrettern, die ihm der Vater eines Freundes in seiner Werkstatt angefertigt hatte, ehe sie, wenn ihre Flügel für immer in der gewünschten Stellung erstarrt waren, mit Schildchen versehen in seine großen Schaukästen wanderten, die später an den Wänden seines Zimmers hingen.

Wie oft hatte Luise ihn auf seinen Fangzügen durch die Auen begleitet, statt, was er nur zu gut verstanden hätte, mit ihren Freundinnen Rollschuh zu laufen oder ins Schwimmbad zu gehen? Hundert Mal? Oder noch öfter?.

Luise hatte sich nicht sattsehen können am Funkeln und irisierenden Leuchten der Dukatenfalter, wenn das Sonnenlicht sich an den Schuppen ihrer dunkelgrau geränderten Flügel brach und reflektiert wurde. »Fliegende Edelsteine« hatte sie die kleinen Falter einmal bewundernd genannt.

Viel später, da waren sie bereits erwachsen, hatte sie ihm gestanden, dass die Dukatenfalter der Grund dafür gewesen seien, weshalb sie, getrieben von dem unstillbaren Verlangen, sich etwas ähnlich Schönes an einer Kette befestigt um den Hals hängen oder an den Finger stecken zu wollen, damals, als Vierzehnjährige, Schmuck, allem voran rotgoldenen, zu stehlen begann und später Goldschmiedin geworden sei.

Ich muss mit jemandem reden!, durchfuhr es Halm plötzlich, und er riss sich von den inneren Bildern los. Aber wen konnte er anrufen, um von Luises Tod zu erzählen und dadurch seinen Schmerz wenigstens für den Moment ein wenig zu mildern? Wen?

Seine Mutter, die in Bickendorf gemeinsam mit anderen Demenz-Kranken in ihrem modernen, hellen Zimmer saß und das Leben, auf das sich ihre Existenz in der Pflegegemeinschaft »Zum Rosengärtchen« reduziert hatte, nur noch in Form flüchtiger Schatten oder Lichtspiegelungen wahrnahm, die dann und wann über die Ränder ihrer 10,75-Dioptrin starken Brillengläser huschten? Wohl kaum. Er sah ihr debiles Lächeln vor sich, und hätte sie in diesem Moment dafür ohrfeigen mögen.

Oder seinen Vater, den großen Walter Helmut Halm, der vor Jahren sein gut gehendes Architekturbüro auf der Neusser Straße samt der vierzehn Mitarbeiter verkauft hatte, seine Frau gegen eine jüngere eintauschte und sich von ihr scheiden ließ, Köln den Rücken kehrte, und seither mit seiner deutlich jüngeren Freundin namens Anka in Bangkok lebte? Nein! Und was war mit Rebecca, die ihn vor knapp elf Monaten mit der Begründung verlassen hatte, lieber wieder alleine leben zu wollen, was ihn anfangs irritiert und wenig später wütend gemacht hatte? Ja, vielleicht sie…

Rebecca hatte Luise nur aus seinen Erzählungen, und von den Fotos her gekannt, die er ihr zu Beginn ihrer Beziehung gezeigt hatte. Begegnet waren sich die beiden nie.

»Ich bekomme einfach keine Luft mehr neben dir!«, hatte sie gesagt, als er nach dem Grund für ihre Entscheidung, sich von ihm zu trennen, gefragt hatte. »Für all den Raum, den du und deine Literatur einnehmen, ist diese Wohnung einfach zu klein. Wäre jede Wohnung zu klein! Und hätte unsere auch drei Zimmer mehr, so wäre darin trotzdem kein Platz für mich! Lennart, ich will das so nicht mehr. Ich ersticke sonst noch!«

Am Ende hatte er ihr die schweren Umzugskisten in den Möbelwagen geschleppt und angesichts deren enormem Gewicht mit Blick in ihr erschöpftes, leicht erhitztes Gesicht gedacht: »Und ebenso schwer wiegt wohl auch deine Enttäuschung über mich!«

Wahrscheinlich saß Rebecca in diesen Minuten in ihrer neuen Wohnung in Lövenich am spaltweit geöffneten Fenster, hielt mit ihren schönen schlanken Händen eine Schale Milchkaffee umfasst und atmete die erfrischende Luft wiedergewonnener Freiheit.

Wohin hatte Luise gewollt, als sie kurz nach neun in die Bahn stieg?, ging es Halm plötzlich durch den Kopf. Und was hatte sie gedacht? Hatte sie ihre Kopfhörer aufgehabt und Musik gehört? Was hatte sie gehört in dem Moment, als es knallte? Massive Attack, Portishead, Laika oder Hooverphonic, so wie früher? Luise hatte immer ein Faible für Trip Hop und Dub gehabt, nachdem sie das erste Mal die Moonshake-Sängerin Margaret Fiedler gehört hatte.

Halm hatte seiner Schwester zu ihrem fünfzehnten Geburtstag das Sonic Youth-Album Goo geschenkt, damals noch auf Platte in glänzendem, an Lakritz erinnerndem Vinyl.

Besonders gemocht hatte sie das nachdenkliche Stück Cinderella's Big Score, worauf er sie eine ganze Zeit lang zärtlich Cinderella gerufen hatte, wenn er sie aus ihrem Zimmer zum Abendbrot herunter holte und rief: »Cinderella, Essen kommen!«

Auch später war sie noch lange Cinderella für ihn geblieben, was auf das englische Cinder zurückging und Asche bedeutete. Ein anderer Song auf der Platte hieß Tunic und handelte vom Tod der Sängerin Karen Carpenter, die an Magersucht starb. Den hatte Luise ebenfalls sehr gemocht.

Am Morgen hatten ihre Mörder sie endgültig zur Cinderella, zum

Aschenmädchen gemacht und sie an einen Ort geschickt, von dem es keine Rückkehr gab.

Wie hatte sie sich gefühlt, als es in der Bahn zur Explosion kam? Was hatte sie gedacht? Hatte sie in dem schlagartig alles beendenden Augenblick überhaupt noch etwas denken oder fühlen können? Nein, vermutlich hatte es stattdessen in ihren Synapsen oder in ihrem Stirnlappen »Klick« gemacht, und etwas in ihr hatte begriffen, dass nun alles vorbei war.

Irgendwo musste es die Antwort geben auf das, was in Spanien geschehen war. Nur wo? Wo sollte er nach ihr suchen? Nach Anzeichen und Hinweisen? In den Trümmern des U-Bahnwaggons, in dem sie gestorben war? Oder in dem, was die Zerstörungswut ihrer Mörder von ihrem Körper übrig gelassen hatte, irgendwelchen Knochensplitter, Hirnmasse, ein paar Haare, die man geborgen hatte und in irgendeinem Labor oder einem Leichenschauhaus verwahrte, irgendwo in Barcelona?

Ein unangenehmer Geschmack lief ihm über die Zunge. Er schluckte einmal, zweimal. Doch die Bitterkeit blieb.

Irgendwann später, nachdem die in elfhundert Kilometern Entfernung geschehenen Dinge immerzu vor seinem inneren Auge abgelaufen waren, wie von einem surrenden Projektor unerbittlich auf eine kleine Leinwand geworfen, würde Halm das Gefühl haben, dabei gewesen zu sein an jenem Morgen, als Luise starb. Alles mitangesehen und mit eigenen Ohren gehört zu haben: Die betäubende Detonation der Sprengsätze mit ihren gewaltigen Druckwellen. Die durcheinander gellenden Schreie der Schwerverletzten. Die einsetzende Panik. Und auch die in den zerstörten Waggons und auf der Plattform herumliegenden blutverschmierten und teilweise bis zur Unkenntlichkeit entstellten Körper.

Halm richtete sich auf. Er fühlte sich leicht betäubt, griff nach seiner Tasche und lief in Richtung S-Bahn-Haltestelle.

Der Entschluss

Auf sämtlichen TV-Kanälen liefen die Bilder aus Barcelona.

Die Breaking News bei CNN lauteten: »Terrorist attack on the metro in Barcelona. Many deaths and serious injuries. The IS has claimed responsibility for the attack.« In einer Art Endlosschleife wanderten die Sätze von einem roten Band unterlegt wieder und wieder durch den unteren Teil des Bildes. Zudem hatte der US-Sender eine Live-Schaltung an den von mächtigen Scheinwerfern gespenstisch erhellten U-Bahn-Eingang eingerichtet, und im ZDF sagte eine Reporterin mit starrem, trotz der Schminke sichtlich bleichem Gesicht untermalt vom Rattern der Generatoren: »Blutlachen am Boden, Menschen schreien vor Schmerzen. Verletzte, Tote. In der Metro-Station Onze de Setembre der Linie 10 im District Sant Andreu herrscht noch immer das nackte Chaos.«

»Kurz nach neun Uhr«, erklärte Sekunden später ein Mann in ihr Mikrofon, habe der Terror begonnen. Er sei auf dem Weg zu seiner Tochter gewesen, die heute Geburtstag habe. Plötzlich sei eine Frau mit einem umgeschnallten Rucksack an ihm vorbei in die Bahn gestürmt, habe »Allah ist groß!«, gebrüllt und dann hätte es geknallt. Der Lärm sei ohrenbetäubend gewesen, er danke Gott, dass es ihn nicht getroffen habe!

Halm schaltete immer wieder zwischen den Programmen hin und her. Gleichzeitig scrollte er mit Blick auf den blau strahlenden Bildschirm seines Laptops durch das Menü von German Wings auf der Suche nach einem Flug nach Barcelona.

Er glitt durch die Website der Fluggesellschaft von Flugsuche zu Abflughafen, gab Köln-Bonn ein und ging weiter zu Alle Zielflughäfen ab Köln-Bonn (CGN), scrollte sich durch die alphabetische Auflistung und klickte schließlich Barcelona an. Und nachdem er das Reisedatum für den Hinflug, Montag 30. November, eingegeben hatte, zeigte ihm der Computer einen Flug für 16 Uhr 35 an. Wenn alles glatt lief, konnte er gegen 19 Uhr 15 in Barcelona sein.

Halm gab an der gewünschten Stelle »1 Person« ein, ließ das Rückreisedatum offen und buchte das Ticket per Mausklick.

Bis zum Abflug der Maschine blieben ihm noch knapp fünf Stunden. Was konnte er bis dahin tun, um nicht tatenlos verrückt zu werden? Den Koffer aus dem Keller holen und abstauben, ja, Schuhe und ein paar Kleidungsstücke zusammensuchen, seinen Pass aus der Schreibtischschublade und die Fotos von Luise aus den Alben nehmen, Zahnbürste, Zahncreme, Deo, Rasierer und Rasierschaum, Duschgel und seine Magentabletten in seinen Kulturbeutel packen. Und im Rosengärtchen in Bickendorf anrufen und seinen für Samstag geplanten Besuch bei seiner Mutter absagen.

Aber darüberhinaus? Was? Vielleicht würde er Rebecca doch anrufen. Schließlich hatten sie sich einmal sehr verbunden gefühlt, hatten sich ihre Träume, geheimen Ängste, Wünsche und verborgenen Sehnsüchte anvertraut. Also warum nicht auch jetzt, an einem Tag wie heute? Setzte ein brutaler Terroranschlag, bei dem seine eigene Zwillingsschwester ums Leben gekommen war, das inzwischen für sie geltende Gesetz der strikten Abgrenzung vom Anderen denn nicht automatisch außer Kraft?

Ja, ich will sie gleich anrufen, sagte sich Halm, tat es dann aber nicht. Er ging zum Fernseher und stellte den Ton ab, nahm die Jägermeister-Flasche und ein Schnapsglas aus dem Schrank, öffnete sie und goss das kleine Glas randvoll.

Mit einem Ruck kippte er die dunkle, würzig schmeckende Flüssigkeit herunter und fühlte im nächsten Moment die kleine Hitze, die sie erzeugte, spürte, wie sie sich in seinem Bauchraum auszubreiten begann, langsam nach links oben wanderte und ihm das Gefühl gab, als lege sich eine warme, freundliche Hand schützend um sein schnell schlagendes Herz. Sogleich füllte Halm das Glas von Neuem.

Das erste hatte er im Stehen geleert. Nun nahm er auf der Couch Platz, griff nach dem Glas und schmiegte sich in das weiche, nachgiebige Polster.

Seinen Studenten versuchte er beizubringen, wie man aus wenigen, aber treffenden Elementen und Details und noch dazu auf engstem Raum eine Geschichte so erzählte, dass sie ein Stück »herausgerissenes Leben« zeigte und doch gleichsam darüber hinauswies. Dabei kam er jedes Mal früher oder später auf Carvers sogenannten Minimalismus zu sprechen. Tobias Wolffs Vorliebe für eng geführte Drei-Personen-Geschichten und Lucia Berlins meisterhaften Umgang mit der eigenen Biographie.

Wie, das fragte Halm sich, würde wohl ein wirklich großer Short Story-Autor, ein André Dubus zum Beispiel oder ein Richard Bausch, der, das hatte Halm irgendwo gelesen, ironischerweise genau wie er selbst einen Zwilling hatte, von dem erzählen, was heute morgen in Barcelona kurz nach neun an der Metro-Station Onze de Setembre passiert war? Wäre er imstande, gegen alle instinktive Abwehr etwas aus dem Schrecklichen herauszulesen, das er, Halm, nicht sah, vom Schmerz geblendet nicht sehen konnte? Etwas, an dem man sich gegen allen Schmerz und alle Wut festhalten konnte, und worin man vielleicht sogar Kraft und ein wenig Trost fand? Oder würden selbst einem Richard Bausch vor dem unvorstellbaren Grauen einer solchen Tat die Worte versagen?

Luise hatte ihn, als sie Kinder waren, einmal ihr anderes Ich genannt. »Du bist mein zweites anderes Ich«, hatte sie zu ihm gesagt, »so wie ich deines bin!«

Nun hatte das Schicksal sie für immer getrennt und ihn auf sein eigenes, alleiniges Halb-Ich zurückgeworfen. Zu einer verwaisten Hälfte gemacht, die ihre Unvollständigkeit zu ertragen lernen musste. Doch wie lebte man als zurückgelassenes Halbes, ohne Aussicht auf die Wieder-Vereinigung mit dem Anderen zu einem sinnvollen Ganzen? Wie ging das, ein Leben zu leben, das plötzlich aus Stückwerk bestand, ein Dasein in schmerzhafter Leere?

Der erste Schritt

Halm erwachte kurz nach halb zwei der Länge nach auf der Couch. Er sah auf seine Armbanduhr. Nach und nach wie durch Drehen an einem imaginären Korrekturknopf stellte sein Blick sich langsam scharf, und augenblicklich befiel ihn eine leichte Unruhe. Sein Flug! Er hatte noch nichts gepackt! Und hieß es nicht, man solle mindestens neunzig Minuten vor dem Check-In am Flughafen sein?

Er war schon ewig nicht mehr geflogen, er hatte Angst vorm Fliegen. Sein Flug nach Pittsburg, wo er damals einen Schulfreund besucht hatte, lag sicher mehr als fünfzehn Jahre zurück. Immer noch dachte er ungern daran zurück.

Genau genommen blieb ihm gerade mal eine Stunde, um sein Ticket auszudrucken, zu packen, zu duschen, sich umzuziehen und zur S-Bahn zu laufen, die ihn mit einem Umstieg zum Flughafen bringen würde.

Er richtete sich auf und sah hinüber zum Fernseher. Auf dessen Mattscheibe öffnete und schloss eine vor einem blauen Studiohintergrund sitzende Sprecherin ihren Mund so lautlos wie die Zierfische in dem Aquarium, das in dem Büro der Fakultätssekretärin stand.

Warum höre ich nichts?, dachte Halm, und registrierte im nächsten Moment ein heftiges Stechen in beiden Schläfen. Habe ich jetzt auch noch etwas mit den Ohren? Doch dann fiel ihm ein, dass er den Ton abgestellt hatte. Er hob das Schnapsglas auf, das vor der Couch auf dem Boden lag.

»Bernhard & Bianca«, hörte er sich plötzlich sagen und erschrak. Und dann sagte er immer neue Begriffspaare auf wie Vokabeln, die er einmal gelernt und nie wieder vergessen hatte: Ginger & Fred. Ken

& Barbie. Bonny & Clyde. Susi & Strolch. Popeye & Olivia. Lenny & Luise. Ach, ja.

Sie hatten sich damals, als Kinder eine Zeit lang einen Spaß daraus gemacht, berühmte Paare aufzusagen, die sie im Brockhaus des Vaters unter dem Schlagwort »Zwillinge« gefunden hatten: Othello & Desdemona oder Isis & Osiris. Auch später, als sie bereits erwachsen waren, warf Luise ihm manchmal, wenn sie sich trafen, plötzlich einen Namen hin und sah ihn grinsend an, damit er ihn durch Nennung des passenden Gegenstücks zu einem Paar ergänzte. Sie hatte das ihr »Zwillingsspiel« genannt, damals. Seine Schwester war immer eine leidenschaftliche Spielerin und mit einer überbordenden Fantasie gesegnet gewesen. Mit dem Schnapsglas in der Hand lief Halm in die Küche und stellte es in die Spüle.

Zwanzig Minuten später saß er geduscht und angezogen am Küchentisch und hob die Espressotasse an den Mund. Im Flur stand der gepackte Koffer. Vor ihm auf dem Tisch lagen sein Pass, das ausgedruckte Flugticket, und einige Fotos seiner Schwester, die er aus dem Album herausgenommen hatte. Er hatte die kleine Sammlung irgendwann einmal lustvoll begonnen, hatte die Bilder in schöner Anordnung mit den dafür vorgesehenen Ecken auf den kräftigen, kartonartigen Seiten befestigt, das Gedenkbuch dann aber nicht weitergeführt.

Das letzte Mal hatte er Luise vor etwas mehr als sieben Jahren gesehen, das musste Anfang 2008 gewesen sein. Er hatte damals seine erste Zeit als Dozent erfolgreich hinter sich gebracht und war gehobener Stimmung gewesen, daran erinnerte er sich noch. Er war noch nicht mit Rebecca zusammen gewesen, hatte eine helle freundliche Wohnung in Sülz bewohnt.

Luise hatte ihn einmal dort besucht, war für eine viel zu kurze Nacht geblieben, ehe sie am nächsten Tag gegen Mittag nach Spanien zurückflog. Er hatte abends ihr Lieblingsgericht zubereitet, mit Hackfleisch, Kräutern und Parmesan gefüllte Paprikaschoten in einer würzigen Kapern-Tomatensoße, dazu Basmati-Reis. Sogar die Zimtschnecken, die sie so mochte, hatte er für sie gebacken. Anschließend hatten sie bis zum Morgengrauen in der Küche gesessen, hatten italienischen Rotwein getrunken, und alles mögliche beredet. Luise hatte ihm Fotos von Henry und Helmut gezeigt, die nebeneinander gewirkt hatten wie Großvater und Enkel.

Wenn Halm die Augen schloss, meinte er Luises Lachen zu hören, ein Jauchzen, das, wenn sie in Fahrt kam sich zum Gackern eines Huhns steigerte, tief und guttural. Seine Schwester hatte gelacht wie sie gelebt hatte, spontan und ohne darüber nachzudenken, wie sie dabei auf Andere wirkte.

Er schob die vor ihm auf dem Tisch liegenden Papiere zusammen, legte die Fotos in seine Brieftasche und griff nach dem Koffer. Zuletzt schrieb er seiner Nachbarin, einer jungen Frau namens Lucy, einen kurzen Brief, den er ihr gemeinsam mit seinen Wohnungsschlüsseln in den Kasten warf.

In der Straßenbahn sah er die gesamte Fahrt über aus dem Fenster, ließ die sich rasch verändernde Umgebung als beruhigendes, vielfarbiges Band an sich vorbeiziehen, und dachte: Ich werde Papiere und Formulare unterschreiben müssen, werde die Überführung des Leichnams organisieren (oder was davon übrig war) und Luises Wohnung räumen und ihre Hinterlassenschaft sichten müssen, Telefon und Internet abmelden, sofern vorhanden, ihre Kleider entsorgen, ihre persönlichen Dinge retten und die letzten Spuren ihrer Existenz bis auf einzelne wenige für immer tilgen und verwischen. Hinter ihr aufräumen und die Scherben oder Brocken zusammenkehren, wie man so sagte.

Aber wie ging so etwas? Wie löste man ein mutwillig zerstörtes Leben so auf, dass es darüber nicht ganz verschwand und verloren ging? Konnte man die Reste eines Menschenlebens überhaupt einfach so entsorgen? In reißfesten blauen Plastiksäcken fortschaffen, in graue feuerfeste Mülltonnen stopfen und, was dort nicht hinein passte oder der städtischen Abfallverordnung folgend nicht hineingehörte, zum Trödler bringen oder bei passender Gelegenheit achtlos auf den Sperrmüll werfen? Einfach so? Die einstigen Lieblingsbücher seiner Schwester in alte Bananenkisten legen, Zweigs »Schachnovelle«,

»Anna Karenina« oder Koeppens »Eine unglückliche Liebe?«. Ebenso ihre Beatles-Platten und CDs und Filmkassetten, und sie irgendwo an irgendwen für ein paar Euro verscherbeln? Genau wie ihre Kleider, Schuhe und ihre Möbel? Und ihren selbst gemachten Schmuck?

Er fühlte sich wie die Unfallopfer sich wahrscheinlich gefühlt haben mochten, die er kürzlich gesehen hatte. Sie lebten, waren scheinbar ansprechbar gewesen. Doch ihr Blick war leer und glasig. Und der Fingerabdruck, den der Tod, der kurz nach ihnen gegriffen, aber nochmal von ihnen abgelassen hatte, an ihnen hinterlassen hatte, krampfte ihr Herz zusammen.

Der Aufbruch

Halm stand am German Wings-Check-In Schalter, stellte seinen Koffer auf die erhöhte Ablage und sah mit an, wie die mit einem weinroten Kostüm bekleidete Angestellte einen Papierstreifen mit dem German Wings-Logo am Griff des Koffers anbrachte, das Gepäckstück über ein Metallband rollen und im Hintergrund in einem dunklen Schlund verschwinden ließ. Dann schob sie ihm die Bordkarte hin, lächelte und wünschte »Einen guten Flug, Herr Halm!«

Er bedankte sich und nahm sein Ticket zurück. Kurz darauf rief eine Lautsprecherstimme die Passagiere des Fluges 2011 nach Barcelona auf, sich zum Ausgang 19 zu begeben.

Die atemberaubende, vom Heulen der Turbinen eingeleitete Beschleunigung und das kurz darauf erfolgte Abheben der Maschine in die scheinbare Schwerelosigkeit erlebte er wie eine Art Geburtsvorgang. Als presse ihn eine große, übermenschliche Kraft in etwas noch Unbestimmtes, nicht Fassbares hinein. Oder als sähe er sein Sterben in diesem Vorgang bereits vorweggenommen, nämlich als ruckartiges Entweichen seiner Seele aus der am Ende bloß noch beengenden Begrenztheit seines Körpers. Ob es Luise auf diese Weise aus dem Leben gepresst hatte?

Als sie ihre vorgeschriebene Flughöhe erreicht hatten, begann er sich ein wenig zu entspannen und wagte einen scheuen Blick aus dem Fenster. Er gehörte zu jener Sorte Menschen, die sich schwer damit taten, die Kontrolle über ihr Schicksal in die Hände anderer zu legen. Denn was, wenn ein Vogelschwarm in die Turbinen geriet oder ein Triebwerk plötzlich Feuer fing?

Unter hauchzarten Schwaden, Fetzen und Wolkenschleiern lag eine blaugrüngrau schimmernde Landschaft unter ihnen in der Tiefe, unwirklich und fern, die in Form winziger, gradueller Verschiebungen rasch unter ihnen wechselte.

Immer wieder spannte Halm unwillkürlich eine Zeit lang die Muskeln an, wenn die Maschine zu wackeln begann. Irgendwann gab er sich aber geschlagen und nickte ein.

Als das Essen gebracht wurde, ein Brötchen, ein weißer, mit einem Aluminiumdeckel versiegelter Apfelsaft-Plastikbecher, Wurst- und Käse-Aufschnitt sowie zwei Portionsstückchen Butter. Dazu eine Mini-Flasche Rioja Alvaro, wurde er wach. Draußen hatte sich das Licht bereits eine Spur verändert, alles erschien dunkler, wie abgetönt durch vor die Fenster gelegte dünne Folien.

Die Maschine lag ganz ruhig auf Kurs, sie trieben im sogenannten Jet-Stream dahin, um, wie der Kapitän ihnen in einer kurzen Ansprache erklärte, bestimmte Höhenwinde zu nutzen, die eine größere Beschleunigung ermöglichten und dafür sorgten, dass sie weniger Treibstoff verbrauchten.

Seine Sitznachbarin hatte zunächst stur in ihrem Buch gelesen, einem Roman von Patricia Highsmith, und kaum oder nur flüchtig von ihm Notiz genommen. Nun sah sie von ihrem Buch auf, strich sich eine Strähne ihres schwarzen, in der Mitte gescheitelten Haares aus der offenen, leicht vorgewölbten Stirn und sagte: »Gut geschlafen?«

»Na, ja, geht so«, antwortete er und richtete sich ein Stück in seinem Sitz auf.

»Haben Sie geschäftlich in Barcelona zu tun?« Nun hatte sie offenbar Lust zu reden.

»Nein!«, antwortete Halm und sah die junge Frau an. »Meine Schwester ist heute Morgen bei dem Terroranschlag auf die Metro dort ums Leben gekommen! Deswegen muss ich hin.«

»Mein aufrichtiges Beileid! Ich habe heute früh im Radio von dem Anschlag gehört!«, sagte sie nach einigem Zögern und klappte ihr Buch zu. Ihre Augen schimmerten in einem eisigen Blau.

Halm spürte, wie froh er war, dass jemand ihm diese Frage stellte, sich für ihn und sein Schicksal interessierte, und mochte es auch eine junge wildfremde Frau sein. Gleichzeitig spielte er mit dem Gedanken, die Stewardess um einen Whisky zu bitten. Ja, er brauchte etwas, das seinen Gedanken ihre schmerzhafte Schärfe nahm.

»Das alles überfordert mich ehrlich gesagt ziemlich!«, nahm er mit angespannter Miene das Gespräch wieder auf.

»Das kann ich sehr gut verstehen!«, sagte sie und lächelte aufmunternd.

»Wirklich?«, sagte er ungläubig.

»Oh ja!«, sagte sie, »ich war zwar damals erst sechs, als meine Mutter starb. Aber als ich dann an ihrem offenen Sarg stand, weil mein Vater das partout gewollt hatte, und umgeben war von all den schwarz gekleideten, traurig und finster drein blickenden Menschen, verstand ich nicht, was ich da sah. Eine Schlafende, die meiner Mutter glich, festlich geschmückt, von Blumen umkränzt und mit einem feinen, schleierartigen Netz bedeckt. Doch weshalb lag sie dort und wieso mit geschlossenen Augen? Spielte sie mir etwas vor, um mich zu ängstigen? So, wie sie es manchmal getan hatte, wenn wir durch einen Park spazierten und sie sich plötzlich hinter einem Stamm versteckte um zu sehen, wie ich reagierte?«

»Ich verstehe«, sagte Halm und stellte sich das Mädchen, das diese Frau einmal gewesen war, an dem von ihr beschriebenen offenen Sarg vor. »Man hört oder sieht etwas Schreckliches. Aber das Gehirn weigert sich zunächst beharrlich, es in seiner ganzen Wucht und Bedeutung zu dechiffrieren, weil es für den Moment einfach zu groß, zu unwirklich ist.«

Nun war die Stewardess bei ihrer Sitzreihe und Halm sagte: »Bringen Sie mir bitte einen Whisky, sind Sie so nett?«

»Gerne! Mit Eis?« Sie kannte Leute wie ihn sicher zur Genüge, Männer, die entweder aus Gewohnheit schon am Nachmittag harte Sachen konsumierten oder aber etwas brauchten, um ihre galoppierende Flugangst im Zaum zu halten.

»Ohne, bitte!«, erwiderte Halm.

»Ja, das ist wohl so«, pflichtete ihm seine Nachbarin nachdenklich bei und blickte der Stewardess hinterher. »Es hat damals Wochen gedauert, bis ich anfing zu begreifen, dass meine Mutter nicht mehr zu mir zurückkommen würde. Ich hatte auf ihre Rückkehr gewartet, als sei sie ohne mich in die Ferien gefahren, und käme früher oder später zurück. Bis ich irgendwann damit aufhörte. Einfach so. Merkwürdig, nicht wahr?«

Halm ließ ihre Worte nachklingen, und konnte sich über die Offenheit der jungen Frau nur wundern. »Ich weiß nicht.« sagte er. »Wahrscheinlich werde ich nie verstehen, weshalb meine Schwester gerade jetzt und auf diese Weise sterben musste!«

Seine Nachbarin schwieg. Um das Schweigen zu brechen und ihr Gespräch in eine andere Richtung zu lenken, fragte er: »Und warum fliegen Sie nach Spanien?«

Ihre wachen Augen umgab ein beständiger blauer Schimmer, und die dunklen, buschigen, aber nicht sehr breiten Brauen schienen das noch zu betonen.

»Ich sehe mir ein paar Wohnungen in Barcelona an!«, antwortete sie, die schätzungsweise Ende zwanzig, allerhöchstens Anfang Dreißig sein mochte. »Ich werde ab kommendem Semester eine Zeit lang dort studieren, Barcelona ist großartig, ich liebe diese Stadt!«

»So, bitte sehr, mein Herr!«, sagte die Stewardess und stellte das Glas, in welchem der teefarbene Whisky sacht zitterte, mit einer Serviette auf sein Klapptablett.

Halm nahm das Glas und trank einen tiefen Schluck. »Oaah!« machte er. «Das habe ich jetzt gebraucht!«

»Das kann ich gut nachempfinden!«, sagte seine Nachbarin. Wenn sie ihre blassrosafarbenen Lippen geschlossen hielt, erinnerte ihr Mund an ein breit gezogenes Herz. In Verbindung mit ihrem leicht blassen Teint, der nicht sehr großen, aber klassisch geformten Nase, und den blauen, mandelförmigen Augen, ähnelte diese Frau ein wenig der dunkelhaarigen italienischen Schauspielerin, für die er noch vor gar nicht so langer Zeit geradezu teenagerhaft geschwärmt hatte.

Der Flug war wie ein gleichförmiges Dahintauchen unter Wasser, geradeaus und störungsfrei, einem U-Boot gleich, das durch unterseeische Tiefen glitt. Einmal brach sich das Sonnenlicht so hart an der Kante der Tragfläche, dass sie vor dem blauen Untergrund zu glühen schien wie die in Eiswasser getauchte Klinge eines Schwerts.

»Ich muss die Angelegenheiten meiner Schwester regeln, ihre Wohnung kündigen, ihren Nachlass sichten, all so was. Und weiß gar nicht, wo ich anfangen soll!«, sagte Halm und leerte das Glas. »Luise war meine Zwillingsschwester!« Doch plötzlich hielt er inne.

»Was ist denn?«, sagte die junge Frau, die seine Bestürzung bemerkt hatte.

»Ich habe gerade *war* gesagt, verdammt!«, sagte er halblaut und schüttelte den Kopf. Dann sah er rasch aus dem Fenster in das begrenzungslose Blauweiß, um die Tränen zu unterdrücken, und hob eine Hand vors Gesicht.

Die trügerische Weite dort draußen, die er wie durch einen Schleier wahrnahm, stand im krassen Gegensatz zu dem, was er jetzt in diesen Sekunden fühlte: eine Enge in der Brust, die ihm das Atmen beinahe unmöglich machte.

»Entschuldigen Sie bitte, es ist nur so, dass…!«, sagte er mit stockender Stimme. »Wir standen uns sehr nah, meine Schwester und ich, auch wenn wir uns zuletzt kaum noch gesehen haben.«

»Nein, bitte, Sie müssen sich doch nicht für Ihre Gefühle entschuldigen!« sagte sie und legte ihm zu seiner Überraschung kurz die Hand auf den Unterarm.

Die Maschine vollführte einen leichten Schwenk, so dass seitlich die Sonnenstrahlen hereinfielen und die Kabine mit einem weichen, orangefarbenen Licht erfüllten.

»Es ist so unwirklich«, sagte er. »Ich glaube zwar halbwegs verstanden zu haben, was passiert ist, jedenfalls mit irgendeinem offenbar noch funktionierenden Teil meines Gehirns. Aber ich fühle etwas ganz anderes!«

»Ihre Schwester hat in Spanien gelebt?«, fragte sie und strich sich das schulterlange Haar hinter ihr linkes Ohr.

»Ja, schon lange!«, sagte er. »Mit fünfzehn ist Luise eines Tages von zuhause verschwunden, und niemand wusste, wo sie ist. Meine Eltern haben sie von der Polizei suchen lassen. Irgendwann rief sie mich aus Andorra an und sagte, ich sei Onkel geworden, sie habe einen Jungen zur Welt gebracht! Das war der Grund, weshalb sie von zuhause weggelaufen ist, damals. Irgendwann viel später ist sie nach Deutschland zurück, doch lange ausgehalten hat sie es da nicht mehr, und ist wohl schließlich nach Barcelona. Meine Schwester ist Goldschmiedin … nein, verdammt nochmal, *war* Goldschmiedin!«

Halm verstummte und dachte: Den Jungen hab ich ja völlig vergessen! Ich muss versuchen, ihn ausfindig zu machen! Henry musste inzwischen Mitte Zwanzig sein. Ob er wusste, was passiert war?

»*Luise*, ein schöner Name!«, sagte sie. »Ich heiße übrigens Anne! Anne Forsberg!«

»Luise geht auf das altdeutsche Ludwig zurück, und bedeutet Berühmte Kriegerin! Im Althochdeutschen kommt es von Aloisia was soviel wie sehr weise bedeutet. Klingt ziemlich angeberisch, ich weiß. Aber ich hab das mal nachgeschlagen, darum weiß ich es.«

»Anne kommt soweit ich weiß aus dem Hebräischen«, sagte sie und lächelte.

»Und wissen Sie auch, was es bedeutet?«

»Ja«, sagte sie, und wirkte dabei plötzlich leicht verlegen, »es bedeutet wohl soviel wie Anmut und Gnade. Meine Mutter hat damals darauf bestanden, dass ich Anne heißen soll, falls ich ein Mädchen würde, wahrscheinlich, weil sie sich selbst irgendwie für anmutig hielt.«

»Wie schön! Und? War Ihre Mutter anmutig?«

»Auf den Fotos, die ich von ihr besitze, hat es den Anschein, ja. In meinen Erinnerungen sehe ich aber vor allem eine stattliche, selbstbewusste Frau vor mir, die eher stolz als anmutig war. Aber das ist so lange her, ich kann mich täuschen. Irgendwann verwandeln sich unsere Erinnerungen in Wunschbilder, wir verändern sie zu unseren Gunsten, machen sie uns erträglicher, um besser mit ihnen leben zu können. Verklärung nennt man das wohl! Ich jedenfalls neige dazu.«

»Keine Angst, da sind sie weiß Gott nicht die Einzige!«, sagte er. »Dann sind Sie also alleine bei Ihrem Vater aufgewachsen?«

»Zuerst ja, aber er hat irgendwann wieder geheiratet. Mein Vater war im diplomatischen Dienst in der Deutschen Botschaft in Buenos

Aires. Als ich dreizehn war, sind wir nach Barcelona umgezogen, blieben aber nur drei Jahre, weil mein Vater zurück nach Deutschland beordert wurde. Doch die drei Jahre in Barcelona waren so schön, dass ich mir geschworen habe, später eine Zeit lang dorthin zurückzukehren.«

»Verstehe!«, sagte Halm. Draußen schoben sich mächtige Wolken vor die Sonne. In blau-grauen, perlmuttartig glänzenden Schichten bedeckten sie den Himmel und verliehen ihm das Aussehen der Innenseite einer Muschel.

»Zwillinge haben eine besondere Beziehung zu einander, sagt man doch, oder?«, fragte Anne.

»Ja«, sagte Halm. »Wir waren zwar zweieiig, trotzdem hatte ich immer das Gefühl, dass meine Schwester mir näher ist als jeder andere. Dass sie mich besser versteht, auch wenn wir leider ab einem gewissen Moment auseinander drifteten. Als Kind hatte ich manchmal den Eindruck, im falschen Geschlecht zu stecken, weil ich mich all dem, was meine Schwester ausmachte, ungleich näher und verbundener fühlte als den Wesen meiner Freunde, die allesamt Jungs waren. Ich weiß nicht, ob Sie das verstehen können, aber ich wusste, was Luise meinte, wenn sie zu mir sagte: »Du bist mein anderes Ich! Nur du weißt, wer ich bin. Und ich bin deins!« Wir waren wir, jeder für sich. Und trotzdem auch ein Stück weit der Andere. Ich weiß, ich rede gerade wie ein Kind, und es ist das wohl auch ziemlicher Unsinn, aber…«

»Nein, überhaupt nicht!«, unterbrach Anne ihn und lächelte zustimmend.

»Ach, ich weiß nicht!«, seufzte Halm und sah nachdenklich aus dem Fenster. Er offenbarte sich einer Fremden, die er höchstwahrscheinlich nie wieder sehen würde. Aber wozu? Um seinen Schmerz nicht ganz alleine fühlen müssen? Aus Schwäche? Er hätte sogar beinahe vor ihr Tränen vergossen.

Die Maschine bewegte sich beharrlich auf ihr Ziel Barcelona-El Prat zu. Vielleicht blieb ihnen noch eine Dreiviertelstunde. Alles, was er weiter sagen würde, wäre am Ende zu wenig. Also schwieg er.

Irgendwann fragte Anne, die gespürt hatte, dass sie nicht weiter in ihn dringen durfte und ein paar Seiten in ihrem Krimi gelesen hatte: »Wie lange werden Sie bleiben?«

»Keine Ahnung«, sagte Halm. »Sicher ein paar Tage. Ich weiß überhaupt nicht, wie man so was macht, die Reste eines zerstörten Lebens beseitigen. Und Sie? Ich meine, wie lange werden Sie in Barcelona sein?«

»Bis Mittwoch, denn am Donnerstag habe ich einen wichtigen Uni-Termin und am Samstagabend feiert mein in Düsseldorf lebender Vater seinen fünfundsechzigsten Geburtstag. Es werden viele Leute kommen, und ich habe noch kein Geschenk für ihn.«

»Und wie stehen die Chancen so, eine nettes Apartment in Barcelona zu finden? Ist doch sicher schwierig, oder?«

»Wir haben einen Makler eingeschaltet, der mir einiges zeigen wird! Die Exposés, die er gemailt hat, sind jedenfalls vielversprechend.«

»Na dann!«, sagte Halm. »Ich hab mal zwei Semester in Tübingen studiert, zu mehr hat es damals nicht gereicht. Dabei hätte ich Lust gehabt, mal nach Wien zu gehen. Und was studieren Sie?«

»Ein bisschen Philosophie, ein bisschen Psychologie. Aber vor allem moderne Kunsttheorie!«

»Aha, also Leute wie Gombrich, Roland Barthes und Susan Sontag? Cocteau und der amerikanische Schriftsteller John Steinbeck haben übrigens ein paar interessante eigene Kunsttheorien formuliert, wussten Sie das?«

»Sie scheinen sich ja richtig auszukennen!«, sagte Anne. »Dann kennen Sie sicher auch Steinbecks Roman ›Die Straße der Ölsardinen‹? Den hab ich kürzlich gelesen, großartig!« Ihre Augen weiteten sich vor Begeisterung ein wenig.

»Ja!«, sagte Halm. »Aber mehr noch mag ich ›Der rote Pony‹, das sind Erzählungen, und ›Von Menschen und Mäusen‹«.

Anne sah ihn ungläubig an. »Haben Sie vielleicht irgendwas mit Literatur zu tun?«

»Ich unterrichte Kreatives Schreiben an der Uni in Köln«, antwortete er und deutete mit der Hand auf das Buch, das auf ihrem Schoß lag. »Ich mag die Highsmith! Ihre Erzählungen sind umwerfend! »›Der Schneckenforscher‹! Kennen Sie die?«

»Oh, die? Ja!«

Sie nahm das Buch in die Hand strich mit der anderen darüber. »Ripley ist Klasse!«

Halm dachte plötzlich beschämt: Ich rede über Bücher als sei nichts geschehen, dabei ist Luise vor wenigen Stunden ermordet worden. In die Luft gesprengt! Wie geht das?

Sie wurden gebeten, die Sitze aufrecht zu stellen und sich anzuschnallen. In wenigen Minuten würde die Maschine rasch an Höhe verlieren, sinken und schließlich mit einem dumpfen Schlag auf spanischem Boden aufkommen.

Als er fühlen konnte, wie der Pilot die Räder ausfuhr, wandte er sich seiner Sitznachbarin zu und sagte: »Es war sehr schön, Sie kennengelernt zu haben, Anne!« In den Fenstern blinkten bereits die deutlich erkennbaren Lichter der katalanischen Metropole.

»Ganz meinerseits!«, erwiderte sie lächelnd und verstaute ihr Buch in der Handtasche. »Am Ende verging die Zeit wie im Flug«, sagte sie, korrigierte sich aber sogleich, »nein, was ich sagen wollte, ist, dass mir die Unterhaltung mit Ihnen sehr gefallen hat. Und ich wünsche Ihnen viel Kraft bei dem, was Sie erwartet! Wenn Sie Hilfe benötigen, rufen Sie mich an. Ich spreche ganz gut Spanisch, sogar ein bisschen Katalan. Ich gebe Ihnen meine Nummer!«

Sie nahm ein Stück Papier aus ihrer Handtasche, riss einen Fetzen ab, und schrieb mit einem blauen Filzstift eine kleine, sich leicht nach rechts neigende Zahlenreihe darauf und hielt ihm das Stück Papier hin: »Hier bitte!«

»Danke!«, sagte er und nahm den Zettel. »Und ja, vielleicht komme ich tatsächlich auf Ihr Angebot zurück, denn ich spreche nur ein paar Brocken Spanisch.«

»Nur zu!«, sagte sie.

Anne Forsberg würde ihren vorgezeichneten Weg weitergehen, sie würde eine Wohnung finden, und ihren Vater am Wochenende hochleben lassen, während er das, was vom Leben seiner ermordeten Schwester übrig geblieben war, zusammensuchte, prüfte und wahrscheinlich größtenteils wegwarf. Und vermutlich würde sie ihn, wenn er sich nicht mehr bei ihr meldete, schon bald wieder vergessen haben. Und das wäre auch ganz normal.

Sie setzten auf spanischem Boden auf, und eine Viertelstunde später trennten sich ihre Wege in der Ankunftshalle.

Barcelona

Der Anfang

Lennart Halm stand in der Gepäckausgabe von El Prat und wartete mit Blick auf die ruhelos auf dem rotierenden Förderband vorbei ziehenden Gepäckstücke auf seinen Koffer. Hinter den riesigen Panoramafenstern, die seine und die Silhouette der anderen wie schwarze Spiegel diffus zurückwarfen, waren startende Jets zu erkennen, blinkende Stahlvögel, die machtvoll röhrend in die hereinbrechende Dämmerung aufstiegen.

Was ihn hier in Barcelona erwartete, konnte er sich an fünf Fingern abzählen: Wut, Verzweiflung und der verheerende, unbegreifliche Anblick des Anschlagsortes. Ein See aus Blut, in den ein paar verblendete Glaubenskrieger die Metro-Station verwandelt hatten, um dem Rest der Welt die Überlegenheit ihrer blindwütigen Ideologie zu demonstrieren.

Er nahm schließlich seinen Koffer vom Band und strebte in die riesige Wandelhalle mit all den erleuchteten Check-In-Schaltern, vor denen sich Schlangen gebildet hatten, durchquerte die Menge, vorbei an den Shops, Bistros und Bars und hielt nach einem Informationsschalter Ausschau.

Jetzt erst begriff Halm, wie überstürzt er in Köln aufgebrochen war. Ohne jeden Plan. Hals über Kopf. Er hatte bislang weder nachgesehen, wo sich die Metro-Station Onze de Setembre befand, in welchem Stadtteil, noch hatte er ein Hotelzimmer, eine Bleibe für die Nacht. Im Taxi würde er die U-Bahn-Karte der Metro auf seinem Smartphone googeln.

Er nahm den Zettel, den die beiden Polizeibeamten ihm am Morgen übergeben hatten, aus seiner Brieftasche.

Aufgelistet waren Telefonnummern der Guardia Civil und der Policia Local, +34 932 903 000 (Polizeizentrale), Vía Laietana 43, Polizeidienststelle in Nou de la Rambla (Tel: +34 932 902 844), darunter diverse Namen: Comisario Fernando Rey, Inspector Jefe Vicente Aranda und Comisario Javier Mariscal. Er solle sich direkt mit dem Jefe de División, Vicente Aranda in Verbindung setzen, der leite die Ermittlungen und spreche auch sehr gut Englisch, hatte Marenke ihm in Köln gesagt. Außerdem hatten sie ihm Luises letzte Wohnadresse, eine Straße und eine Hausnummer im sogenannten Barrio Gotic sowie ihre Kölner Durchwahlnummern aufgeschrieben für den Fall, dass er sie bei Unklarheiten von Barcelona aus im Präsidium in Kalk anrufen musste.

Halm sah sich um, legte den Zettel zurück in seine Brieftasche und versuchte, die von der Decke hängenden Hinweisschilder zu deuten, entschied sich anders und machte kehrt. Er lief in Richtung Ausgang und steuerte auf eines der zahllosen, in der Dämmerung wartenden Taxis zu, dessen Fahrer, ein Mann mit einer Baskenmütze, neben seinem Wagen stand und im Begriff war, sich eine Zigarette anzustecken.

Der Mann nickte wortlos und klemmte sich den brennenden Stängel in den Mundwinkel, legte Halms Koffer in den Kofferraum und stieg in den Wagen. Halm nahm hinten rechts Platz und sagte auf Deutsch: »Bringen Sie mich bitte an den Ort des Terroranschlags heute Morgen, zur Metro-Station Onze de Setembre. Wie weit ist das?«

Der Fahrer schien kurz zu überlegen, kratzte sich das Kinn und antwortete schließlich zu Halms Überraschung in gut verständlichem Deutsch: »Die Station gehört zur Linie 10. Im District Sant Andreu. Ist etwa eine halbe Stunde Fahrt!« Dann ließ er den Motor an.

Das Radio lief. Auf Halms Frage, weshalb er so gut Deutsch spreche, antwortete er, er habe sechzehn Jahre in Hanau in der Fabrik bei Dunlop gearbeitet, habe Reifenmäntel und Fahrradschläuche gepresst, im Akkord, in drei Schichten. Seine drei Kinder seien alle in Hanau geboren worden.

»Hanau? Nie gehört!«, sagte Halm. »Wo liegt das?«

Doch statt zu antworten, sagte der Fahrer: »Sind Sie Journalist?« und fädelte den Wagen, einen Seat, in den dichten Feierabendverkehr ein. Er nahm den Zubringer, der auf die Stadtautobahn ins Zentrum führte. In der in der Dämmerung versinkenden Landschaft schimmerten da und dort Lichter, zogen vorbei, verschwanden. Über die katalanische Metropole brach langsam die Nacht herein.

Er hält mich für einen Journalisten, dachte Halm. »Nein, kein Journalist!«, antwortete er. »Meine Schwester ist unter den Opfern!«

»Oh, verdammt!«, fluchte der Fahrer und suchte Halms Blick im Rückspiegel. »Diese Schweine sollte man alle aufhängen oder abknallen, das sind alles Verbrecher, Mörderbande, verfluchte! Niederbrennen sollte man dieses verdammte Syrien! Und den ganzen Islam gleich dazu!«

Halm versuchte die Worte des Fahrers zu ignorieren und konzentrierte sich lieber auf das Geräusch, das der herein wirbelnde Fahrtwind erzeugte: ein stetes Rauschen oder Brausen, das er, je länger es dauerte, als angenehm betäubend empfand.

Jetzt hätte er gerne eine Zigarette geraucht und deren Rauch tief in seine Lungen eingesogen, um den kleinen Schwindel zu fühlen, den er von früher kannte, wenn Luise ihnen einen Joint gedreht hatte, den sie in ihrem Zimmer im Keller zu den Klängen von den Doors geraucht hatten. »Spanish Caravan«, »Waiting For The Sun« und natürlich »Riders on The Storm« waren für sie neben den Songs der Beatles, die über allem standen, damals das absolut Größte gewesen.

Halm hatte die Fensterscheibe zur Hälfte herunter gedreht und hielt sein Gesicht in den kühlen, und von den tausend Aromen der Straße und der Nacht erfüllten Luftstrom, der fauchend hereindrang. Sie folgten der B 22 in Richtung Cornellá de Llobregat.

Das Handy klingelte in seiner Tasche, er nahm es heraus und sah, dass Minda versuchte, ihn zu erreichen. Er drückte den roten Ablehn-Button, stellte das Gerät stumm und schob es zurück in die Tasche.

Er wollte jetzt mit niemandem reden, wollte nicht erklären müssen, was sich noch nicht oder vielleicht auch niemals erklären ließ. Was hätte er ihr sagen sollen? »Ich sitze im Taxi. Ich bin müde und verstehe das alles nicht.« So etwas vielleicht? Oder, noch dümmer: »Danke, Minda, es wird schon wieder.«

Nein, er würde wie der Mann, der seinen rechten Arm verloren hatte, lernen, alles mit dem verbliebenen linken auszuführen, würde sich anpassen, umstellen, gewöhnen. Trotzdem wäre es nicht mehr dasselbe. Er würde nicht hilflos sein. Doch das Zeichen seiner fundamentalen Versehrtheit wäre für jedermann sichtbar. Da, schau mal, ein Einarmiger!, würde es heißen. Und sie würden sagen: Wie tapfer der mit seinem Schicksal umgeht! Bravo!

Halm blinzelte in die Scheinwerferlichter der ihnen entgegen kommenden Fahrzeuge. Die hereindringende, kalte Abendluft strömte gegen seine rechte Gesichtshälfte. Die Vorstellung, dabei langsam zu vereisen, einzufrieren und so früher oder später taub zu werden, um nichts mehr fühlen zu müssen, gefiel ihm: weder Schmerz noch Trauer! Und so ließ er die kalte Luft weiter gegen sein Gesicht prallen. Bis er irgendwann genug hatte und die Scheibe leicht benommen und mit tränenden Augen ein paar Zentimeter hoch drehte.

Vorne blies der Fahrer den Rauch seiner Zigarette, deren Glut sich als kleiner kirschroter Punkt darin spiegelte, gegen die Frontscheibe. Halm atmete den würzigen Geruch des Tabaks ein, der in sich rasch auflösenden Wellen durch das Wageninnere schwebte. Irgendwann sagte er schließlich an den Fahrer gerichtet: »Könnte ich eine Zigarette von Ihnen haben?«

»Was ist?«, erwiderte der Fahrer gegen den Klang der Musik, die aus den Türlautsprechern drang.

»Eine Zigarette!«, wiederholte Halm lauter, »ob ich bitte auch eine Zigarette haben kann!«

Wortlos nahm der Fahrer die Schachtel aus der Mittelkonsole und reichte sie ihm nach hinten, anschließend das Feuerzeug.

Halm nahm ein Stäbchen aus der Schachtel, es waren Coronas-Filter, setzte es in Brand und gab dem Fahrer das Päckchen und das Einwegfeuerzeug zurück. Er inhalierte den Rauch und schmeckte dem Aroma des Tabaks nach, fühlte, wie sich seine Lungen füllten. Er schloss die Augen, hielt den Atem an. Und da war er wieder, genau wie damals: der kleine leichte Schwindel, der sein Gehirn erfasste. Halm ließ den Rauch langsam aus dem Mund entweichen.

Oh ja, das war gut! Genau wie der Whisky an Bord der Maschine ihm gut getan hatte. Nur hatte da noch Anne Forsberg neben ihm gesessen, in einer Höhe von fünfunddreißig Tausend Fuß. Wahrscheinlich saß sie in diesen Minuten in irgendeiner Metro und fuhr … ja, wohin eigentlich? Er hatte vergessen, sie zu fragen, wo sie bis Donnerstag wohnen würde. Aber er hatte ihre Telefonnummer. Vielleicht würde er sie anrufen.

Mit Luise hatte er früher den einen oder anderen Joint geraucht. Sie waren jung, damals, hatten das Leben für unerschöpflich und sich selbst für unverwundbar gehalten.

Luises ungeschützte, draufgängerische Art hatte Halm imponiert, ihm aber auch ein stückweit Angst gemacht. Denn wohin führte einen ein Leben, das man mit dieser Sorglosigkeit führte, wenn nicht in Schmerz und Gefahr? Ein Leben ohne Schutz und Vorsicht?

Manchmal hatte er das Gefühl gehabt, dass Luise die sehr wohl bestehenden Bedrohungen irgendwann aus dem Auge verloren hatte, sie nicht mehr sah (oder sehen wollte) und offenbar zu glauben schien, es gäbe sie nicht. Einmal hatte er ihr gesagt: »Ich will, dass du besser auf dich aufpasst, hörst du? Versprich mir das!« Doch Luise hatte nur die Augen verdreht und »ja, ja« gemurmelt.

Er selbst war irgendwann dazu übergegangen, zu leben wie jemand, der hoffte, alt zu werden, und auf seine Gesundheit achtete, darauf, was er aß und trank, der Sport trieb (viel schwamm und joggte) und seine Süchte im Zaum hielt. Aber lag darin am Ende tatsächlich die Garantie für ein längeres Leben?

Luise war da ganz anders gewesen. Herausfordernder. Mutiger. Sie hatte die ihr gesetzten Grenzen entweder bewusst auszutesten versucht oder sie ganz einfach ignoriert. Hatte ihren Süchten und ihrer Abenteuerlust gefrönt und die Eltern noch vor ihm ihre vollkommene Bedeutungslosigkeit für sie spüren lassen, während er noch in Riten, gesicherten Abläufen und Gewohnheiten Halt und Sicherheit suchte. Als ob der Tod und das Schicksal sich dadurch austricksen ließen, dass man im Rahmen der selbstgesteckten Grenzen lebte und beharrlich jene Bereiche mied, in denen mögliche Gefahren lauerten. Wie idiotisch, dachte Halm jetzt. Und wie kindisch!

Luise hatte, da musste sie dreizehn gewesen sein, begonnen, das Ander*e* zu suchen und zu erforschen, das Fremde und Unbekannte. Hörten ihre Freunde beliebigen Formatradio-Pop, so huldigte sie den Beatles. Und als die Anderen endlich deren revolutionären Spirit erkannten, da lauschte sie bereits The Mission, Cinema Strange oder Sonic Youth, hüllte sich in purpurfarbene Federboas, wallende dunkle Kleider und hohe Schaftstiefel, las Stefan Zweig und Büchner, schminkte sich im Gothic-Style und strich ihr gesamtes Zimmer (inklusive der Fensterrahmen, des Waschbeckens und der Türen) ebenso pechschwarz wie sie sich die streichholzlangen Haare färben ließ. Sie war den anderen immer den einen, entscheidenden Schritt voraus.

Plötzlich meinte Halm seine Schwester wie auf einer Gegenlichtaufnahme auf sich zukommen zu sehen, das Gesicht zu einem grauen Fleck verwischt, die Arme ausgebreitet, der Kopf umfangen von einer gleißenden Aureole aus Licht. Und sekundenlang meinte er, vielleicht weil ihn die Lichter der entgegenkommenden Fahrzeuge blendeten, vielleicht weil seine überreizte Fantasie ihm einen Streich spielte, nur die Hand ausstrecken zu müssen, um sie aus dem Rauch- und Flammeninferno, das sie verschluckt hatte, zurückzuholen.

»Und, Brüderchen!«, hörte er sie mit ihrer anschmiegsamen Stimme sagen. »Was nun?«

»Ich glaube, ich werde langsam irre«, zischte er halblaut und fuhr sich ein paar Mal mit der Hand kreisförmig übers Gesicht, wie um ein lästiges Insekt wegzuwischen, kurbelte die Fensterscheibe bis zum Anschlag herunter und hielt seine Nase wieder in den hereinwirbelnden, belebenden kalten Luftstrom.

Unablässig zogen erleuchtete Cafés, Bars und Geschäfte vorbei, ein schneller Wechsel aus Hell und Dunkel, untermalt vom Geknatter der Mopeds und dem fernen Lärm durch die Schluchten heulender Polizei-Sirenen. Halm nahm einen letzten Zug aus der herunter gerauchten Zigarette und schnippte sie aus dem Fenster.

Er musste an Eric Amblers Krimi »Die Angst reist mit« denken, der im Original »Journey Into Fear« hieß. Er hatte die Geschichte des englischen Ingenieurs Graham, auf den scheinbar grundlos geschossen wird, und der sich bald darauf immer mehr in einem verwirrenden Netz aus diffusen Ängsten und Visionen verliert, kürzlich auf einer Zugfahrt nach Stuttgart in einem Rutsch gelesen. Nun war *er* plötzlich selbst dieser Graham auf seiner ganz eigenen Reise in die Angst.

Was werde ich sehen, wenn ich hinabsteige in den Todesschacht?, dachte er. Zerfetzte Körper, in einem See aus Blut und geborstenes Glas und geschmolzenes Metall? Oder wird die Spurensicherung bereits ihre Arbeit abgeschlossen haben, so dass die polizeilichen Hilfs-Räum- und Reinigungskräfte das Gröbste beseitigen konnten, weil der Fahrbetrieb doch weiter laufen, das Leben weitergehen musste?

Sie durchfuhren mehrere Tunnel, deren felsig-schroffe Wände ein paar Mal beängstigend nah kamen. Eisblau glimmende Seitenleuchten flitzten in raschem Wechsel an ihnen vorbei. Dann erhoben sich die riesigen Wohnkomplexe vor ihnen, ein Meer millionenfach flimmernder kleiner Lichter, und wechselten sich ab mit prunkvollen, geschickt beleuchteten mehrstöckigen Villen, die der Szenerie etwas Mondänes verliehen.

Sie folgten den breiten Avenidas stadteinwärts, stießen immer tiefer ins Zentrum vor. Zuletzt ließen sie Sant Antoni hinter sich.

Nach etwas mehr als vierzig Minuten hatten sie den Metro-Knotenpunkt La Sagrera erreicht, an dem sich die Linien 1, 10 und 9 trafen. Irgendwann zog der Fahrer den Wagen an die Bordsteinkante, brachte ihn zum Stehen und sagte ohne sich umzudrehen mit zur Fahrerseite hin ausgestrecktem Arm: »Rambla de Onze Setembre. Da drüben ist es!«

»Onze de Setembre«

Vor den schwach beleuchteten Treppen, die hinabführten zu den Gleisen der Linia 10, hatten sich zahlreiche Trauernde versammelt, gerahmte Bilder von ihren getöteten Angehörigen, Freunden und Bekannten aufgestellt, hatten Blumensträuße und Kränze niedergelegt und den Bordstein mit unzähligen, tapfer im leichten Abendwind flackernden Kerzen und Teelichtern in eine imposante Gedenkstätte verwandelt.

Der süßlich-herbe Geruch von geschmolzenem Stearin lag wie eine unsichtbare, luftabschließende Glocke über dem Platz, und schien die ganze Beklemmung, die hier herrschte, unter Verschluss zu halten. In nahezu sämtlichen der an den Platz angrenzenden Häusern brannten Lichter, standen Fenster offen, in denen die scherenschnittartigschwarzen Silhouetten der Gaffer zu erkennen waren.

Halm schien es nur eine Frage der Zeit zu sein, bis der oder die erste ihren Schmerz in die Nacht hinaus schrie. Weitere würden folgen, und dann noch eine und noch einer. Und immer so weiter. Bis schließlich alle ihren ohnmächtigen Schmerz herausschrien, und ihre verzweifelten Schreie sich in der Nacht über Barcelona sammelten zu einer so noch nie gehörten Totenklage.

Immer wieder blieben Leute stehen, zündeten weitere Teelichter an, gingen in die Hocke und schenkten den unbekannten Opfern ein paar Sekunden stiller Andacht.

Halm hatte bis auf das Wenige im Flugzeug den ganzen Tag über nichts Richtiges gegessen und registrierte nun ein flaues Gefühl im Magen. Seine Hände begannen zu zittern und zu kribbeln, als bewegten sich dicht unter der Haut Ameisenströme hin und her.

Er ließ seinen Blick über das Kerzenmeer gleiten und las die Namen auf den Schleifen der Kränze: Felipe, Maria, Juan, Carla, Alba, Diego.... Immer wieder hörte man jemanden in der Menschenmenge aufschluchzen.

Er wandte sich dem Mann zu, der neben ihm stand, seinen Blick starr auf eines der gerahmten Bilder gerichtet hielt und leise vor sich hin wimmerte. Schließlich wischte er sich die Tränen aus dem Gesicht und sagte mit belegter, vom Schluchzen schwerer Stimme zu Halm: »Ich stehe schon den ganzen Tag hier. Und ich bin müde, glauben Sie mir! Aber ich werde nicht von hier weg gehen! Ich kann meinen Jungen doch nicht alleine zurücklassen dort unten in all dem Chaos. Meinen armen Kleinen!«

Er begann von Neuem zu schluchzen, zog ein Taschentuch aus seiner Manteltasche hervor und schnäuzte sich.

»Angel war Krankenpfleger!«, murmelte er vor sich hin. »Er hat seinen Beruf geliebt! Er hat noch nie jemandem etwas zuleide getan, noch nie, verstehen Sie! Mein Angel war nämlich ein guter Junge, und ein wunderbarer Sohn!« Er sah Halm beschwörend an. »Warum also?«, fragte er empört. »Warum gerade er? Ich begreife das nicht!«

Er hätte sagen können: Weil Ihr Angel zum falschen Zeitpunkt am falschen Ort war! So wie meine Schwester zum falschen Zeitpunkt am falschen Ort gewesen ist! Darum! Die haben nicht Ihren Angel gemeint oder Luise, sondern Sie! Mich! Uns alle hier! Es hätte jeden von uns treffen können! Doch er sagte nichts dergleichen, sondern schwieg und ließ den Mann weiter reden.

»Ich weiß, dass Gott die straft, die er am meisten liebt! Und an so einen Gott soll ich weiter glauben? Der mir meinen Kleinen genommen hat? Wie soll das gehen? Wie kann ich das? Wie? Sagen Sie es mir!« Der Mann hörte nicht auf zu reden. »Dabei war er gerademal neunzehn Jahre alt, mein Kleiner! Verstehen Sie? Neunzehn!«

Die Augen des Mannes weiteten sich plötzlich zu großen, starrenden Glaskugeln, in denen sich das gespenstische Flackern der Kerzen zu spiegeln, und aus denen jede Zuversicht, das Leben weiter meistern zu können, verschwunden schien. »Er hatte noch so viel vor!

Was hatte er nicht alles noch machen wollen, mein Angel? Ach, mein Gott!«

Halm nickte und legte dem Mann kurz die Hand auf die Schulter. Dann machte er einen Schritt zur Seite auf das rotblaue Flatterband zu, das den Zugang zu den hinabführenden Treppen versperrte, packte es und drückte es ein kräftiges Stück nach unten, damit er drüber steigen konnte.

»Stopp, da können Sie nicht runter!«, hörte er im selben Moment eine Stimme hinter sich rufen und wandte sich um.

Der Mann, ein Uniformierter der Policia Local, musste sich aus der Menge zu ihm hin gedrängt haben, packte ihn am Arm und zog ihn zurück. »Da unten laufen polizeiliche Untersuchungen, da darf niemand rein!«

»Aber meine Schwester ist dort unten gestorben!«, entgegnete er und versuchte sich aus dem Griff des Polizisten zu befreien. »Ich muss sehen, wo sie gestorben ist, wie!«

»Unmöglich!«, erwiderte der Polizist, ein junger Mann mit Kinnbart, kleinen, zusammengekniffenen Augen unter buschigen Brauen und breiten, ungepflegten Koteletten. »Morgen gegen Mittag sollten die Untersuchungen der Kriminaltechnik abgeschlossenen sein! Dann können Sie gerne wieder her kommen.«

Halm sah ihn verständnislos an. Er hatte es bis hierher geschafft, und er würde weitergehen, bis ins dunkle Herz dieses schrecklichen Rätsels! Dieser Mann von der Policia Local, er mochte allerhöchstens fünfundzwanzig Jahre alt sein, würde ihn nicht davon abbringen können, hinunter in den Schacht zu gelangen. Nicht dieser kostümierte Jugendliche!

»Okay, okay!«, rief er aber schließlich und hob beschwichtigend beide Arme.

»Morgen, okay?!«, wiederholte der Polizist und deutete ein Lächeln an.

»Morgen!«, erwiderte Halm, nickte zustimmend und mischte sich wieder unter die Trauernden.

Auf der gegenüberliegenden Straßenseite standen mehrere Übertragungswagen der spanischen TV-Sender. In Sichtweite ein heller Kombi des Senders Canal 7 TV und etwas weiter links ein Reporter, der ein Mikrofon in der Hand hielt und in eine auf ihn gerichtete Kamera sprach. Das spanische Fernsehen TVE, CUATRO und Antenna 3 waren vor Ort, und sogar der andalusische Sender RTVA hatte ein Team im Satellitenwagen an die Rambla Onze de Setembre geschickt.

Der Reporter von Canal 7 TV stand im grellen Lichternebel mehrerer neben dem Kameramann aufgebauter Scheinwerfer und wies, während er sprach und gestikulierte, immer wieder mit dem Arm in Richtung der Metrostation. Auch elf Stunden nach den Ereignissen berichtete das Fernsehen noch immer live vom Ort des Anschlags. Im Hintergrund dröhnten die Aggregate für den Strom der vielen Scheinwerfer und erzeugten ein dunkles tiefes Wummern und Schnaufen, gespenstisch wie das Geräusch eines Baggers, der durch die Nacht fährt und mit seinen Schaufeln leerstehende Häuser einreißt.

Er würde später noch einmal versuchen, hinunter in die Tiefe zu gelangen. Nun fühlte er die Müdigkeit kommen, sie flog ihn an wie bösartige Grippeviren, die auf den entscheidenden Moment der Schwäche und der Wehrlosigkeit seines Organismus warteten, ehe sie zuschlugen, um auf unbestimmte Zeit die Macht über sein Inneres zu übernehmen.

Er hatte Hunger und Durst, seine Beine taten weh und der Koffer wurde mit jeder Minute schwerer. Selbst um zu trauern, wie es all jene in stiller Gemeinschaft taten, fehlte ihm plötzlich die Kraft. Er war hin- und hergerissen. Da war die eine Stimme, in ihm, die sagte: Bleib hier und halte durch! Da die andere, die flehte: Lass uns das auf morgen verschieben! Ich bin müde, ich kann nicht mehr!

Aus den Kanaldeckeln stiegen neblige Schwaden warmer Abluft auf, gewannen an Höhe, und schwebten die Carrer de Santa Coloma hinunter. Halm stellte den Koffer neben sich auf den Asphalt, nahm sein Smartphone hervor und googelte mögliche Hotels in der näheren Umgebung.

Nach mehreren Telefonaten buchte er für drei Tage ein Zimmer in einem Hotel namens Antonius in der angeblich nahe gelegenen Carrer de Monlau.

Der Name Antonius, das fand er später heraus, ging auf den Heiligen Antonius von Padua zurück, dem man nachsagte, Wunder vollbringen zu können. Einmal habe er während einer Predigt nahe der italienischen Stadt Rimini das Wort an die Fische im Meer gerichtet, und diese hätten ihm ebenso andächtig zugehört wie es einst die Vögel taten, die der heilige Franz von Assisi um ihre Aufmerksamkeit bat.

Doch wer, das würde Halm sich später fragen, wird *mir* zuhören, wenn *ich* meine Fragen stelle, um zu verstehen, was im Moment der Explosion der Sprengsätze in den Waggons der TMB, der Transports Metropolitans de Barcelona, kurz nach neun Uhr morgens an der Station Onze de Setembre geschah?

Die spanische Policia Local in Person dieses Vicente Aranda, dessen Name Hauptkommissar Marenke aufgeschrieben hatte? Die namenlosen Pathologen, die Luises Leichnam mit den ihnen zur Verfügung stehenden technischen und wissenschaftlichen Möglichkeiten befragten, um dessen letzte Geheimnisse zu entschlüsseln? Oder am Ende all jene, die sich an der Metrostation eingefunden hatten und ebenso ratlos von ihren Toten zurückgelassen worden waren wie er?

Ja, er musste diesen Aranda kontaktieren. Sobald er in seinem Hotelzimmer wäre und eine Nacht geschlafen hätte, würde er ihn anrufen. Und so nahm er seinen Koffer und folgte mit Blick auf die Navigations-App seines Smartphones, die ihm den Stadtplan von Barcelona zeigte, der langestreckten Carrer Gran de la Sagrera, überquerte die Carrer de Portugal und zuletzt die Carrer de Marti Molins. Nach einem fast zwanzigminütigen Fußmarsch, der ihm seine letzten Kräfte raubte, erreichte er das Hotel, hinterließ seine persönlichen Angaben auf einem Formular und fuhr mit dem Aufzug in den sechsten Stock hinauf, Zimmer 613.

Das Zimmer war modern eingerichtet, kühl und funktional. Das große Panoramafenster wies auf die vielbefahrene Carrer Gran de la Sagreda, hielt aber mit seiner Doppelverglasung deren Lärm ab. Zu hören war nur das sachte Rauschen der Klimaanlage.

Diese vier Wände würden also in den nächsten Tagen sein Horst sein, von dem aus er sich hinabstürzen würde in diese Stadt des Todes. Sie würden ihm Schutz bieten, wenn er sich da draußen verloren fühlte, aber auch zur Gefängniszelle werden, wenn es nur noch sie gab, weil eine Welt jenseits davon nicht mehr für ihn existierte!

Er warf den Koffer aufs Bett und bestellte telefonisch einen Snack aufs Zimmer. Dazu eine Flasche Rotwein (A real strong one, please). Anschließend zog er sich aus, trat unter die Dusche und verlor sich mit geschlossenen Augen in der entspannenden Wärme des auf ihn niederprasselnden Duschregens.

Nachdem er, nur mit einem weißen Frottee-Bademantel bekleidet, auf dem Bett sitzend gegessen und sich bereits das dritte Glas Beronia Gran reserva genehmigt hatte (dessen Wirkung er inzwischen deutlich spürte), griff er nach seinem Smartphone, scrollte durch die Kontaktliste zu Rebeccas Mobilnummer (er hatte sie sich nie merken können, wahrscheinlich ein Zeichen) und tippte sie an.

Er wollte sich langsam betrinken und ihre Stimme hören, die er besonders gemocht hatte, wenn sie nah an seinem Ohr Dinge sagte, die seine sexuelle Lust auf sie weckten oder weiter anstachelten, oder ihn morgens mit einem zärtlichen Aufwachen! eine halbe Stunde vor dem Läuten des gestellten Weckers aus seinen Träumen auf die Welt zurück holte und sie sich liebten.

Nach dem siebten oder achten Läuten nahm sie endlich ab, und er hörte sie verschlafen sagen: »Ja, hallo?«

»Ich bin's!«, entgegnete er wie ein verschämtes Kind, das hinter einem Gebüsch hervorkommt, nachdem seine Eltern es bereits mehrfach gerufen haben.

»Lennart? Du?«, sagte sie. Nun klang ihre Stimme klar und vertraut.

»Ja!«, sagte er, »Ich bin in Barcelona.«

»Barcelona?«, fragte sie hörbar überrascht, »Was machst du denn in Barcelona?«

»Hast du's denn nicht in den Nachrichten gesehen?«, sagte er und trank einen Schluck Wein.

»Was meinst du – nein, sorry?!«, sagte sie. Und dann: »Moment mal!«

Halm drückte den Hörer fester ans Ohr um hören zu können, was sie dort drüben in elfhundert Kilometern Entfernung anstellte, und meinte plötzlich das sanfte, gleichgültige Rauschen des Universums zu hören, ein feines Stieben und Sirren, wie er es von den Strommasten kannte, die ganz in der Nähe seiner Wohnung standen, und die ein ähnliches Geräusch erzeugten, wenn die Elektrizität durch die dicken Leitungen hindurchfloss und er nachts wach lag und darauf lauschte wie auf eine vertraute, einschläfernde Melodie.

»Entschuldige!«, sagte sie und war wieder dran, »Aber in der Küche stand das Fenster offen, sodass es fürchterlich zog.«

»Du hast nichts von dem Terroranschlag mitbekommen?«, sagte er.

»Ach so, doch ja…«, sagte sie ausweichend, und er konnte förmlich hören, wie es in ihrem Gehirn arbeitete, »Wieso?«

»Deswegen bin ich hier! Luise ist unter den Opfern!«

»Was?«, kam es langgezogen und hörbar ungläubig, »Luise? Das ist ja schrecklich, um Himmelswillen, Lennart! Das tut mir leid!«

»Sie haben mich heute früh verständigt«, sagte er, »und da hab' ich alles stehen und liegen lassen und mir einen Flug hierher gebucht!«

»Warum hast du nichts gesagt, ich wäre mitgekommen!«, sagte sie.

»Das hättest du für mich getan?«, fragte er überrascht.

»Was ist denn das für eine Frage, Len?«, sagte sie, so hatte sie ihn immer genannt, Len. »Natürlich! Ich mag dich immer noch, so was hört doch nicht plötzlich auf, bloß weil wir nicht mehr zusammenleben!«

Was er da hörte, machte ihn sprachlos, denn er hatte sich in dem Moment, als die beiden Polizisten am Morgen vor ihm standen und Marenke ihm mitteilte, was geschehen war, vollkommen alleine gefühlt, abgeschnitten vom Rest der Menschheit, jäh hinein gestoßen in den grenzenlosen Orbit der Trauer und des Schmerzes, in dem er seitdem verloren kreiste. Dabei hätte er offenbar nur ihre Nummer wählen müssen, und sie hätte ihn zurückgeholt auf die Erde und ihm beigestanden mit den Möglichkeiten, die sie besaß.

Offenbar hatte er ihren Auszug aus der gemeinsamen Wohnung falsch interpretiert. Für ihn war er gleichbedeutend mit dem Ende ihrer Beziehung gewesen. Aber warum eigentlich? Was hatte ihn dazu veranlasst, so zu denken? Gekränkte Eitelkeit? Weil er sich von ihr abgelehnt gefühlt hatte, verlassen, weggestoßen?

Halm erhob sich vom Bett und trat mit dem Smartphone am Ohr und dem Weinglas in der Hand ans Fenster. Hochoben trieben mondbeschienene Wolkenfetzen über der Stadt, unten schimmerten die ungezählten Lichter in schrecklich friedlicher Eintracht wie die Kerzen an einem riesigen Tannenbaum, ein ausgedehntes Blinken und Leuchten, dessen Abglanz den Himmel orange färbte und wahrscheinlich kilometerweit sichtbar war.

Er trat einen Schritt zurück, irritiert durch sein eigenes, durch den Verdopplungseffekt der beiden Glasscheiben leicht verschwommenes Spiegelbild, aus dem sich plötzlich Luises Konturen herauszubilden begannen. Erschrocken wirbelte er herum und riss das Telefon ein paar Zentimeter vom Ohr weg. Dabei verschüttete er Wein, der in blutroten, auseinander strebenden Adern ein sternförmiges Zerrbild auf dem dunklen Parkett bildete.

»Hey, hallo, bist du noch dran?«, hörte er Rebecca rufen, schwankte hinüber zum Nachttisch und stellte das bis auf einen winzigen Rest leere Glas ab.

»Ja, ja!«, erwiderte er, umhüllt von der dumpfen, sich mehr und mehr verstärkenden Wirkung des Weins. »Ich bin eben bloß erschrocken, weil ich dachte …, meinte…« Hier rissen seine Worte ab.

»Was dachtest du?«, fragte Rebecca, nun wieder gut verständlich, weil er den Hörer dicht ans Ohr hielt.

»Ach, schon gut!«, sagte er und sah sich nach der Weinflasche um.

»Und was wirst du jetzt machen?«, fragte sie.

»Ich bin müde, Rebecca, du kannst dir nicht vorstellen, *wie* müde ich bin!«, sagte er, ohne ihre Frage zu beantworten, und nahm die Weinflasche ins Visier, die nur noch zu einem Drittel gefüllt neben dem Bett auf dem Boden stand.

»Ok, dann schlaf erst mal, Len, ruh dich aus!«, sagte sie. »Und morgen meldest du dich wieder, versprochen? Wenn du willst, dass ich komme, sag es!«

Eine Zeit lang war da wieder dieses Rauschen. Und ehe er antworten konnte, hörte er sie sagen: »Hast du Schlaftabletten oder so was dabei? Damit du runter kommst? Mein Gott, du hättest mich anrufen müssen! Warum hast du mich nicht angerufen?«

»Ich weiß nicht, es geht schon«, sagte er tonlos und bückte sich nach der Flasche. Er packte sie, umschloss ihren Hals mit drei Fingern und starrte auf den dunkelroten Flecken auf dem Parkett.

»Ja, danke«, stammelte er nun, und merkte, dass ihm die Worte mehr und mehr entglitten. »Ich also, ja, ich hätte dich, dann hab ich aber...«

»Was hast du gesagt?« sagte sie. »Ist alles in Ordnung mit dir, Lennart? Hast du getrunken?«

»Ein bisschen, ja, ich muss jetzt, ich kann nicht mehr...!« sagte er, »Wegen dem Fleck da, muss ich jetzt...« Er nahm das Handy vom Ohr, so dass Rebeccas Stimme zu einem fernen nasalen Quäken wurde und warf es achtlos aufs Bett.

Aus dem Zimmer nebenan drang plötzlich schallendes Gelächter herüber, untermalt von deutlich vernehmbaren Fernsehgeräuschen. Halm dachte erbost: Was kann es da drüben so Lustiges geben, dass man derart unverschämt grölen muss? Jetzt in diesem Augenblick, und an einem Tag wie heute?

»Arschloch!«, rief er hinüber, hob den Arm und hätte am liebsten die Flasche gegen die Wand geworfen. »Ruhe! Verdammt«, rief er mit letzter Kraft. Niemand hatte das Recht, so zu tun, als sei die Welt noch in Ordnung!

Er schickte einen grimmigen Blick in Richtung Nachbarzimmer und setzte die Flasche an den Mund.

Bald würde er wegsinken und die Geräusche und alles andere hinter sich lassen, hinter dem dichten Vorhang, den der vom Wein beschwerte Schlaf über seine Gedanken breitete.

Er hatte einen Mann um seinen toten Sohn trauern gesehen, hatte eine Menschenmenge trauern sehen, Wildfremde im Schmerz und ihrem Kummer vereint. Und war sich doch die meiste Zeit wie ein Zuschauer vorgekommen. Distanziert. Er hatte den Worten des verzweifelten Vaters gelauscht, hatte sich diesen neunzehnjährigen Angel vorzustellen versucht, der da unten im Schacht auf bestialische Weise sein junges Leben verloren hatte, und hatte doch nur Luises im Moment ihres Todes für immer erstarrtes Gesicht vor sich gesehen.

Draußen heulten Polizeisirenen. In Halms Ohren klang deren Geheul so unwirklich, als dringe es ebenfalls aus den scheppernden Lautsprechern des Fernsehers im Nachbarzimmer herüber. Als nervige Soundkulisse irgendeines alten New York-Krimis. In seiner Fantasie hörte er Al Pacino im schneidend-kalten Ton des abgebrühten NYPD-Cops sagen: »Keine Angst, wir holen sie da raus!«

Halm trat wieder ans Fenster und hantierte solange an dessen Griff, bis es endlich in die gewünschte Kippstellung sackte. Sofort strömte die kühle, leicht metallisch riechende Nachtluft herein. Dann stellte er die Flasche auf dem Nachttisch neben das Glas und ließ sich der Länge nach aufs Bett niedersinken.

Er schloss die Augen, und gab sich den aus der Schwärze auftauchenden Kreisen hin, die sich vor seinem inneren Auge drehten und herumwirbelten wie die Schleifen und Rauten, die früher wie in Zeitlupe über den im Ruhemodus befindlichen Bildschirm seines ersten MacBooks gezogen waren. Im schwachen Schein der Nachttischlampe schlief er ein.

Stunden später wurde er kurz wach und meinte, die Stadt atmen zu hören. Ihr tiefes schweres Luftholen, und wie sie die verbrauchte Luft wieder ausstieß. Ein Geräusch, als ob stetig Gas aus einer undichten Leitung ausströmte, das sich jeden Moment entzünden und alles in die Luft sprengen konnte.

Geister

Halm spähte missmutig in das fahl zum Fenster hereindringende Dämmerlicht. Er hatte in der Nacht vergessen, den schweren Vorhang zuzuziehen. Ein flüchtiger Blick auf sein Smartphone sagte ihm, dass es gerademal zwanzig Minuten nach sechs war. In seinen Schläfen pochte ein dumpfer Schmerz.

Er hatte wieder von seiner Whippet-Hündin Alma geträumt, im Traum neben ihr gesessen, ihren Kopf gehalten, so wie er es vor etwas mehr als zwei Jahren getan hatte, als sie starb. In ihren dunklen, ruhig und vertrauensvoll blickenden Augen hatte er einen bewundernswerten Gleichmut gesehen, eine Schicksalsergebenheit, zu der er selbst nie fähig sein würde.

Bei der erst fünf Jahre alten Hündin war ein Hirntumor diagnostiziert worden. Halm war mit dem Tier zum Arzt gegangen, weil es zunehmend apathisch wirkte, kaum noch fraß und fast rund um die Uhr schlief. Zwei Tage später war Alma gestorben, und er hatte den leblosen Körper noch lange beschützend und mit Tränen in den Augen im Arm gehalten.

Nie zuvor hatte er das Übergreifen des Todes auf einen lebenden Organismus mit einer solchen Sanftheit erlebt. Es war wie das sprichwörtliche Aushauchen gewesen, zärtlich geradezu. Später hatte er manchmal gedacht: Alma hat geahnt, was kommen sollte. Sie hat sich hingelegt und geduldig ihren Tod erwartet, geleitet von der Gewissheit des Sterben-Müssens. Dabei heißt es doch, der Mensch sei das einzige Lebewesen, das wisse, dass es sterben müsse! Seit er das Tier hatte verenden und seine Hundeseele hatte weggehen sehen, wusste er, dass das nicht stimmte, nicht stimmen konnte!

Was, fragte Halm sich nun, und kniff gegen das sich aufhellende Licht wieder die Augen zu, hatte Luise wohl gedacht, als sie tags zuvor in die Metro eingestiegen war? Hatte sie womöglich ähnlich wie Alma geahnt, dass ihr Leben nicht mehr lange währen, und die Bahn, in der sie saß, ihren Zielbahnhof nie erreichen würde?

Nein, natürlich nicht! Wer setzte schon seinen Fuß in einen U-Bahn-Waggon, wenn er davon ausgehen musste, ihn nicht wieder lebend zu verlassen? Allenfalls junge, zum Gemeinsten und Hinterhältigsten entschlossene Muslime, die dem Tag wahrscheinlich geradezu entgegengefiebert hatten, an dem sie ihrem Gott und dessen selbsternannten irdischen Stellvertretern die Leichname der Ungläubigen darbringen würden, um dafür als Märtyrer ins Paradies einziehen zu dürfen.

Hatte Luise sie angesehen, als sie in die Bahn stürmten? Hatte sie ihren Mördern in die Augen geblickt? Wenn ja, was hatte sie darin gesehen? Lüsterne Verzückung? Todesgeilheit? Oder war es Heilsgewissheit gewesen?

Viel wahrscheinlicher war, dass sie an ihre Vorhaben gedacht hatte, an die Pläne und Verabredungen, die sie für den vor ihr liegenden Tag gemacht hatte. Der Tod war darin nicht vorgesehen.

Halm hatte kürzlich in einer philosophischen Abhandlung über den Tod gelesen, der Mensch befände sich in jedem Augenblick seines Lebens unmittelbar vor der Möglichkeit des Todes, der Tod sei ihm nahe. Und diese Möglichkeit erfülle sich früher oder später, ob er es wolle oder nicht.

War Luise demnach die ganze Zeit dem Tod nahe gewesen, um ihm schließlich in Gestalt zweier irrer Glaubenskrieger zu begegnen? Woher hatten diese Menschen das Recht genommen, zu beschließen, dass ausgerechnet sie sterben musste? Sie hatten die Willkür zu ihrem Recht erhoben und waren ihr blindentschlossen gefolgt.

Als »verfluchte Mörderbande« hatte der Taxifahrer diese Leute beschimpft und im gleichen Atemzug gefordert, man solle »dieses verdammte Syrien niederbrennen und den ganzen Islam gleich dazu!«

Ja, vielleicht hatte er Recht damit gehabt, dachte Halm nun in seiner Verzweiflung und seiner Wut auf die Täter. Vielleicht war massive Gegengewalt als Antwort auf die von ihnen ausgehende Gewalt die einzige Sprache, die diese Barbaren verstanden! Er fuhr sich ein paar Mal mit der Hand übers Gesicht. An Schlafen war nun nicht mehr zu denken.

Er litt schon länger an Schlafstörungen, und immer, wenn er mitten in der Nacht wach lag, bestürmten ihn die Geister mit ihren Fragen. Anfangs hatte er es mit Einschlafübungen versucht, die er sich von Rebecca, die auf autogenes Training schwor, beibringen ließ. Später mit leichten chemischen Hilfsmitteln. Und zuletzt mit stärkeren Substanzen, die ihn aber bloß betäubten statt zu beruhigen, sodass er sich am nächsten Morgen vollkommen zerschlagen fühlte und glaubte, aus einem schweren Drogenrausch zu erwachen. Schließlich war er zu Rotwein übergegangen, den er eine Zeit lang exzessiv vor dem Einschlafen trank. Darüber war er zu Rebeccas Verdruss zu einer Art Gewohnheitstrinker geworden, der praktisch jede Nacht angetrunken neben ihr ins Bett sank und am Ende kaum mehr zu richtigem Sex fähig war.

Halm richtete sich auf, schob sich die wirren Haare aus dem Gesicht und trat ans Fenster. Autos kämpften sich in langen Schlangen durch die breiten Straßen, und die da und dort blinkenden Leuchtreklamen verliehen dem Ganzen etwas verlogen Friedliches. Denn jeden Moment konnten ihre muslimischen Feinde an irgendeinem anderen Ort erneut zuschlagen und sich neue Opfer holen, hungrig, wie sie waren nach Macht und der Demonstration ihrer fürchterlichen Kälte.

Er kramte den Zettel hervor, den Marenke ihm gegeben hatte, und legte sich wieder hin. Gleich nach dem Frühstück würde er die Adresse aufsuchen, an der Luise zuletzt gewohnt hatte.

Ihre Wohnung befand sich im Gotischen Viertel in der Carrer del Pi, No. 123. Er würde ein Taxi nehmen, zuvor aber Inspector Aranda bei der Guardia Urbana anrufen. Und wie einen Schmetterling, den es zur nächsten Blüte zog, flogen seine Gedanken von Aranda weiter zu Anne Forsberg. Wahrscheinlich schlief sie noch und träumte, nein, ganz sicher sogar, denn es war gerademal zwanzig Minuten vor sieben.

Halm stellte sich ihren herzförmigen Mund vor, aus dem die Worte hervorgekommen waren wie kleine freundliche Wesen aus ihrem Bau, um ihn mit ihrem Anblick zu beglücken. Einem jähen Impuls folgend griff er nach seinem Smartphone, um sie anzurufen, hielt dann aber inne, und ließ den Arm kraftlos aufs Laken sinken. Stattdessen beschloss er, Minda eine Mail zu schreiben.

Er öffnete sein Postfach und tippte auf das winzige Icon im unteren rechten Bildrand, worauf ein neues Fenster aufging, und gab ihre Mail-Adresse ein: p.kapoor@googlemail.com. Dann schrieb er:

Liebe Parminder,
ich habe gesehen, dass du versucht hast, mich zu erreichen. Ich bin nun seit etwas mehr als zwölf Stunden hier in Barcelona, doch ich komme nicht an. So viele Bilder verstellen mir den Weg. Es ist, als stieße ich immer wieder an unsichtbare Wände. Es gibt viel zu erledigen, doch ich fürchte mich ehrlich gesagt ziemlich davor. In ein paar Tagen bin ich hoffentlich zurück,
herzliche Grüße, Lennart

Halm drückte den Senden-Button und horchte dem Fauchen nach, mit dem das Gerät das Versenden der Mail akustisch anzeigte. In seinem Posteingang warteten elf Nachrichten darauf, gelesen zu werden, doch er drückte den runden Steuerknopf und das Gerät sprang zum Home-Bildschirm zurück.

Er legte es auf den Nachttisch neben die Weinflasche und das Glas, an dessen Grund sich eine zarte, rötliche Kruste gebildet hatte. Dann lief er ins Bad und trat unter die Dusche.

In der rechten Achselhöhle hatte sich eine große, brennende Rötung gebildet, und das Hämmern in den Schläfen hatte zugenommen. Er würde die Frau an der Rezeption um Aspirin bitten.

Eine Viertelstunde später stand Lennart Halm angezogen am Fenster (eine dünne Schicht NIVEA-Creme war im Begriff in seine brennende Gesichtshaut einzuziehen, und das noch nasse Haar hatte er, wie er das von jeher tat, links gescheitelt) und sah hinunter auf die Dächer des Viertels, die ein vielfältiges Gewirr da und dort abzweigender Straßen umgab. Er rief in der Rezeption an und bat um Aspirin. Anschließend griff er den Zettel mit den Telefonnummern der spanischen Polizei, und tippte Inspector Arandas Nummer auf der aus zwölf kleinen Kreisen bestehenden Tastatur ein.

Placa del Pi

Sein Telefonat mit Jéfe Aranda dauerte nur ein paar Minuten. Sie verabredeten ein Treffen für vierzehn Uhr im Hauptgebäude der Guardia Urbana des Districte de Grácia in der Avenida Valcarca 205. Halm solle sich am Empfang melden. Einer seiner Mitarbeiter werde ihn dort abholen.

Bis dahin blieben ihm fast fünf Stunden, genug Zeit, um Luises letzte Adresse aufzusuchen, sich einen ersten Überblick zu verschaffen und wieder raus nach Sant Andreu zu fahren.

Halm nahm den Aufzug nach unten, bedankte sich an der Rezeption für das Aspirin und lief in den Sala para Desayunos, den Frühstücksraum. Dort löste er zwei Aspirin-in einem halbvollen Glas Wasser auf und trank die trübe, salzig schmeckende Lauge auf einen Zug. Er ließ sich zwei Tassen Café con leche bringen, biss in ein flüchtig mit Butter bestrichenes Croissant und ließ den Rest liegen.

Die Titelseiten von La Vanguardia, ABC und El Mundo, die am Eingang zu einer Art Fächer ausgebreitet auf dem Tisch lagen, machten ihre Dienstagsausgabe mit zum Teil ganzseitigen Fotos vom Anschlagsort auf. Halm wollte das nicht sehen, nicht jetzt und nicht so manipulativ und sensationslüstern von irgendwelchen Pressefotografen geknipst.

Kurz darauf stieg er in eines der vor dem Hotel wartenden Taxis und nannte dem Fahrer Luises Adresse im Barrio Gotic.

Die Fahrt dauerte mehr als eine halbe Stunde, immer wieder wurden sie zu längeren Stopps gezwungen. Kurz nach zehn hatten sie die Carrer del Pi schließlich erreicht. Der Wagen hielt in einer engen schattigen Gasse, die auf einen lichten Platz stieß. Eine zwischen zwei hüfthohen Steinkegeln gespannte Eisenkette verhinderte die Weiterfahrt. Halm bezahlte, stieg aus und sah sich um.

Über ihm war der enge, hellblau schimmernde Himmelskanal mit Wäschestücken verhängt, sodass nur spärlich Helligkeit bis nach unten drang. Er lief ein paar Schritte und stand auf dem kleinen Platz, im Schatten der nahen Basilica Santa del Pi. Hier, allerhöchstens hundert Meter von den Ramblas entfernt, war das von dort herüberwehende Raunen nur noch ein Flüstern, untermalt vom Plätschern des kleinen Brunnens, der in der Mitte des Platzes stand.

Er ließ seinen Blick über die hellgrauen, sich harmonisch ineinanderfügenden Fassaden der Gebäude wandern, die ein in sich abgeschlossenes Quartier bildeten. Vor einem kleinen Café, abgeschirmt durch riesige Pflanzenkübel, saßen Besucher in der fahlen morgendlichen Sonne.

Er dachte: Hier hat Luise also gewohnt, an einem solch schönen Ort! Hatte sie genau wie all die Touristen, die her kamen, um dem Rummel der Ramblas eine Zeit lang zu entfliehen, hier ihren Kaffee getrunken? In diesem kleinen Café, das den klangvollen Namen Nivel de burbuja trug, was, wie er später erfuhr, Libelle bedeutete? Und daneben, der kleine Zeitungsladen! Hatte sie dort ihre Zeitung gekauft, oder Zigaretten, sofern sie noch geraucht hatte?

Nein, wahrscheinlich hatte sie schon nach kurzer Zeit genug gehabt vom immer gleichen Anblick derer, die hierher kamen, und war in ein anderes Quartier geflohen, in die Nähe ihres kleinen Schmuckladens La Pinata, von dem sie ihm in ihren Mails erzählt hatte.

»Wenn ich aus dem kleinen Fenster meiner Werkstatt gucke, sehe ich die Rotkäppchen-Statue«, hatte sie ihm einmal in einem Brief geschrieben. Aber wo mochte diese Statue stehen? In welchem Viertel?

In einem ihrer letzten Briefe hatte sie ihm Fotos von Arbeiten mitgeschickt, die sie angefertigt hatte. »Die Fotos, die ich dir beigelegt habe, hat übrigens Felipe für mich abgezogen, der nebenan ein kleines Fotogeschäft besitzt. Felipe betreibt La Lente seit mehr als dreißig Jahren. Er hat als junger Mann gegen Franco gekämpft, du würdest den Alten sicher mögen!«

Unter den Fotos hatte sich eines befunden, das eine Brosche zeigte, die, wenn auch mit zusätzlichen dekorativen Accessoires versehen, unverkennbar einem Dukatenfalter nachgebildet war, Lycaena virgaureae, dem Liebhaber des Feld-Thymians, Luises heimlichem Wappentier.

Halm überquerte den Platz und lief wieder in die angrenzende Carrer del Pi. Das Haus mit der Nummer 123 erwies sich als fünfstöckiges, hell getünchtes Gebäude, dessen Stockwerke jeweils ein dunkles, schmiedeeisernes Balkongitter umlief.

Er sah hinauf in das vom Dachvorsprung scharf begrenzte Graublau, dann stieß er das schwere alte Holztor auf und tauchte ein in das Halbdunkel eines kopfsteingepflasterten hofähnlichen Vorplatzes, den nach hinten ein ebenfalls dunkles, schuppenartiges Gebäude begrenzte.

Er warf einen Blick auf die Briefkästen, suchte den Namen Halm allerdings vergeblich. Hatte sie zuletzt unter einem anderen Namen hier gewohnt? Oder hatte die Wohnung gar nicht ihr gehört, und sie war nur eine Art Untermieterin gewesen? Bei wem? Mit wem hatte Luise zuletzt hier zusammengelebt? Und warum hatte sie die Pyrenäen überhaupt verlassen?

Die Fotos?, dachte Halm. An die Fotos von Luise, die er zuhause aus den Alben genommen hatte, um sie herumzeigen zu können, hatte er nicht mehr gedacht, als er aufbrach. Sie lagen im Hotelzimmer. Er überlegte kurz, zog sein Handy aus der Tasche und ging den Fotostream durch. Das einzige Bild, das er von ihr besaß, war sicher zehn Jahre alt (er hatte es irgendwann aus dem Album abfotografiert, um es Rebecca zu schicken) und zeigte seine Schwester an einen Baumstamm gelehnt, an dessen krustige, wellige Rinde. Ihr offenes, rundes Gesicht mit den grünbraunen Augen, die sie gegen das Sonnenlicht leicht zugekniffen hatte, nahm fast den ganzen Raum ein. Zu sehen waren ihr Kopf und ein Stück ihrer rechten Schulter.

Die Aufnahme war damals im Herbst in einem Park in der Südstadt gemacht worden. Luise trug darauf ihre blaue Seemannsjacke mit dem großen Kragen und hatte ein blaugraues Tuch um den Hals geschlungen. Auf ihrem brünetten Haar, das sie rechts gescheitelt trug, spielte das Licht und versetzte einzelne Strähnen in ein goldenes Leuchten. Ihr Blick besaß etwas Spöttisch-Fragendes, als werde sie den Betrachter jeden Moment anblaffen: »Was guckst'n du so blöd?« Luise konnte arrogant wirken, wenn sie Lust darauf hatte, und sich kühl und überlegen oder grillenhaft geben.

Am Tag der Aufnahme, daran konnte Halm sich noch gut erinnern, war sie auffallend kratzbürstig gewesen und hatte sich immerzu demonstrativ weggedreht, wenn er sie zu fotografieren versuchte. Erst ganz zum Schluss hatte sie ihm ein paar Porträtaufnahmen zugestanden.

Luise hatte immer als die kompliziertere und schwerer zugänglichere von ihnen beiden gegolten. Auf Befehle oder Bitten reagierte sie ganz ihrer Tagesform entsprechend. Falsche Freundlichkeit verachtete sie ebenso wie jede Form von Opportunismus oder Feigheit. Neuen Bekannten, die Halm ihr dann und wann vorstellte, stand sie meist kritisch gegenüber. Und innerhalb der Familie hatte sie aufgrund ihrer Launenhaftigkeit, die sie manchmal lustvoll bis ins Exzentrische zu treiben pflegte, früh den Ruf einer Zicke weg. Das machte sie für ihre Freundinnen unberechenbar und für die Männer interessant.

Luise liebte das Spiel, solange sie dessen Regeln bestimmte. Bis sie sich irgendwann zu langweilen begann und plötzlich und für alle anderen nicht nachvollziehbar zum Angriff überging.

Hätte Halm ihr einen Schmetterling zuordnen sollen, der ihr kapriziöses Wesen am Anschaulichsten verkörperte, so hätte er nicht etwa den von ihr heißgeliebten kleinen Dukatenfalter, sondern den Großen Schillerfalter genannt, apatura iris, dessen eben noch typisch samt-blaues, geradezu majestätisches Schillern im nächsten Moment zu einem abgründigen Nachtschwarz werden konnte.

Sie hatten häufiger Auseinandersetzungen darüber gehabt, wie weit man in seinem Verlangen nach Konsens und Zugehörigkeit gehen dürfe, ohne sich dabei zu verraten. Und wie weit man sich aus sich selbst herauswagen dürfe, ohne Gefahr zu laufen, sich selbst zu verleugnen und dann nicht mehr authentisch zu sein.

Ihre Haltung war mit den Jahren entschiedener geworden, sie wolle niemanden mehr kennenlernen, hatte sie geschrieben, ihre Leute reichten ihr. Halm hatte daraufhin nur gedacht: Ja, rede du nur! Wirst schon noch sehen, wohin dich so ein Denken führt. Dieser dumme Hang zum Rückzug. Und zum Elitären.

Sie hatte ihm damals vorgeworfen, zu weich zu sein, zu schnell auf Leute zuzugehen und Koalitionen zu bilden, grundsätzlich zu kompromissbereit zu sein, wenn es eigentlich darum gehe, auf seiner Meinung und seinen Werten zu beharren statt umzufallen, bloß weil einem plötzlich ein scharfer Wind ins Gesicht wehe.

Dabei war sie einmal soweit gegangen, ihn in einer Mail als Konformist zu beschimpfen, weil er sich geweigert hatte, die Rolle des selbsterklärten Außenseiters, die sie ihm in einer ihrer früheren Schreiben als etwas Verlockendes beschrieb, als erstrebenswert oder gar heroisch zu begreifen. Das hatte ihn damals getroffen, doch ihre Entschuldigung, auf die er wartete, blieb aus.

In diesem Moment war Luise ihm irritierend fremd gewesen in ihrem zwanghaften Bestreben nach Selbstbestimmung und der damit verbundenen Sonderstellung, die sie immerzu für sich reklamierte. Für den großen Rest, das hatte sie zuletzt unverhohlen bekannt, hätte sie bloß noch Verachtung übrig.

Was aber hatte sie zu diesem radikalen Rückzug ganz in sich selbst hinein bewogen? Zur Errichtung dieser radikalen Trennlinie zwischen sich und jenen, die sie geringschätzig »tumbe Masse« nannte? Die liefen, schrieb sie ihm, doch alle bloß noch wie Lemminge hinter dem beruflichen Erfolg und dem neuesten Handy her, alles sei einzig und allein auf die für alle sichtbare Kenntlichmachung des eigenen Status ausgerichtet. Ekelhaft, fände sie das, hirnlos und pervers! Statt zu echten Vorbildern aufzuschauen, die einen führten, bete man einen Gott namens Apple an! Sie habe genug von dieser mörderischen Konsum- und Überforderungsgesellschaft.

Woher rührte diese, ihre neue Radikalität? Ließ sich das alles so einfach auf die mit dem Vater gemachten Erfahrungen zurückführen, der sie von Anfang an links liegen gelassen hatte, und stattdessen seinen Markendesignmöbeln nachgejagt war wie sie einst den Distelfaltern und Pfauenaugen in den Poller-Wiesen?

Auch er, Halm, war durch die unbarmherzige Schule des Vaters gegangen und hatte dabei manche Schramme davongetragen. Trotzdem hatte er nicht aufgehört, für die anderen offen zu bleiben, Gemeinschaft zu suchen.

Hatte Luise tatsächlich an die Erfüllung ihres Lebens und ihrer neu formulierten Ideale im Zustand radikaler Einzelgängerei geglaubt? Sie, die vielen lange Zeit trotz allem als durchaus gesellig erschienen war? Was hatte sie dazu bewogen, irgendwann aus dem großen Kreis der Masse herauszutreten, die doch allen anderen offenbar Schutz und eine gewisse Geborgenheit bot?

In ihren letzten Mails hatte sie zunehmend verbiestert gewirkt, resigniert und seltsam verletzt. Hatte von neuen höheren Zielen gesprochen, deren Erklärung sie ihm aber schuldig blieb. Sie war vage geblieben, hatte von Reisen gesprochen, die sie zu unternehmen vorhabe. Wohin hatten sie diese Reisen geführt?

Nun war sie tot, und er würde nie erfahren, was es mit all dem auf sich gehabt hatte.

Halm betrat das dunkle Treppenhaus, und suchte nach dem Lichtschalter, bekam ihn zu fassen und stieg die stark zur Mitte hin ausgetretenen Steinstufen empor. Nach oben hin verdunkelte sich der enge, kaminartige Anstieg immer mehr, denn die matten, grünlich getönten Etagenfensterscheiben ließen kaum Licht herein. Hoch oben war ein quadratisches Glasdach zu erkennen, welches das Treppenhaus abschloss. Der sich nach oben hin verengende Treppenhausschacht machte den Eindruck, als führten all die ansteigenden Stufen in ihrer scheinbaren Endlosigkeit ins Nichts. Oder geradewegs in den Himmel.

Auf der zweiten Etage ging eine Tür auf, und ein alter Mann, der einen Hund an der Leine hielt, trat ihm entgegen und sah ihn fragend an.

»Hola!«, murmelte der Alte und suchte nach einer Möglichkeit, sich mit seinem struppigen, mausgrauen Hund an ihm vorbei zu drücken.

Halm zog geistesgegenwärtig das Smartphone hervor, stellte Luises Foto ein, hielt es dem Mann entgegen und fragte: »Esta mujer, ella vivía aquí?«

Der verhärmte, mit einer schlotternden dunklen Strickjacke und grauen, an den Knien ausgebeulten Hosen bekleidete Mann, in dessen Mundwinkel eine erkaltete Zigarre klebte, warf einen flüchtigen Blick auf das Bild und machte jene typische Geste, die überall auf der Welt das Gleiche bedeutet, nämlich: Ich weiß nichts! Keine Ahnung! Lassen Sie mich in Ruhe! Anschließend ruckte er ungeduldig an der Leine, wandte sich ab und tappte mit seinem Hund, dessen lange Krallen ein rhythmisches Kratzen auf den Stufen erzeugten, hinunter.

Halm blickte dem traurigen Gespann hinterher, schaute kurz hinauf zu dem diffus erkennbaren Glasdach und stieg weiter hinauf.

Er läutete da und dort, zeigte einer älteren Frau Luises Foto (erfolglos) und zuletzt einem jungen Mann, der ihn freundlich anlächelte, aber dabei sein Handy ans Ohr gedrückt hielt, in das er aufgeregt hineinsprach. Halm setzte auf Englisch zu einer ersten Frage an, doch der junge Mann schüttelte den Kopf, zeigte auf sein Telefon und schloss die Tür.

Ernüchtert ließ Halm sich auf den Stufen nieder, nahm den Zettel mit Anne Forsbergs Nummer aus der Brieftasche und überlegte. Hinter einer dieser Türen hatte Luise bis zum Schluss gelebt – hinter welcher? Warum hatte keinem der Anwohner ihr Foto etwas gesagt?

Halm gab die kleine Zahlenkolonne in die Tastatur seines Smartphones ein, hielt aber nochmals kurz inne, bevor er schließlich den grünen Telefon-Button berührte und das Telefon erwartungsvoll ans Ohr presste.

Anne

»Und *wo* sind Sie?«, fragte Anne Forsberg gegen Ende ihres kurzen Telefonats. Halm vernahm im Hintergrund Straßenlärm.

»Im Gotischen Viertel, an einem Platz del Pi. Wissen Sie, wo das ist?«

»Ja, den kenne ich. Bleiben Sie dort, ich bin in einer halben Stunde bei Ihnen. Mein nächster Termin ist erst um halb vier!«

»Es gibt hier ein kleines Café am Platz. Es heißt Nivel de bur … irgendwas. Da warte ich auf Sie!«

»Nivel de burbuja«, sagte Anne hörbar amüsiert. »Wie schön, ein Café Libelle zu nennen! Also, dann, bis gleich!«

»Ja, bis gleich«, wiederholte Halm. »Und danke, dass Sie kommen!« Anne Forsberg hatte bereits aufgelegt und die letzten Worte gar nicht mehr gehört.

Vereinzelt drangen aus den Etagen gedämpfte Geräusche zu ihm ins Treppenhaus. Das Klappern von Geschirr, roboterartige Fernsehdialoge, beides so abgeschwächt, als gehörte es jeweils zu einer anderen, entrückten Lebensform.

Er ließ das Telefon in die Innentasche seiner Jacke gleiten und erhob sich. Später wollte er mit Anne Forsbergs Hilfe noch einmal versuchen, die Leute, die hier wohnten, zu mehr zu bewegen als bloßem Schulterzucken. Wenn zutraf, dass Luise tatsächlich bis zuletzt hier gelebt hatte, dann mussten sie ihr doch zumindest flüchtig begegnet sein.

Auf der Placa del Pi trafen ihn die plötzlich zwischen den Wolken hervorbrechenden Sonnenstrahlen, wie von mächtigen Scheinwerfern erzeugt, grell ins Gesicht. Die Sonne tauchte den kleinen Platz in eine geradezu flammende Helligkeit und ließ ihn wie auf einer überbelichteten Fotografie erscheinen.

Halm beschirmte die Augen mit den Händen, lief hinüber zum Café Libelle und nahm an einem der weißen Plastiktische Platz, die das Sonnenlicht förmlich anzuziehen und zu bündeln schienen. Er ließ sich einen Cortado bringen, einen Espresso mit einem Schuss Milch, und hatte Hunger, wusste aber nicht, worauf.

Vor einer Hauswand begannen Straßenmaler auf mitgebrachten Staffeleien ihre Arbeiten zu arrangieren, kleine Ölgemälde von der nahen Basilica. Andere zeigten typische Rambla-Szenen, die am Himmel kratzenden Türme der Sagrada Familia oder das Columbus Denkmal. Bilder im Stile Toulouse-Lautrecs, wie der sie einst von Montmartre während der Belle Èpoque gemalt hatte.

Am Nachbartisch war ein Mann mittleren Alters in die Lektüre der Zeitung ABC vertieft. Auch die aktuellen Ausgaben von La Vanguardia, El Pais und Público lagen auf seinem Tisch.

Auf dem Titelblatt der Pùblico prangte neben einem Foto aus dem Todesschacht riesig die Zahl 82, daneben ebenso groß das Wort Fallecido, was nur bedeuten konnte: 82 Tote!

Eine davon Luise Halm, seine Zwillingsschwester, sieben Minuten jünger als er, am 24. März 1974 im Sternzeichen des Widders in Köln-Lindenthal geboren.

Halm versuchte sich die Zahl genauer vorzustellen, ihre schreckliche Größe und Bedeutung. Er nahm den kleinen, auf dem Unterteller liegenden Löffel und rührte den Milchschaum unter den Kaffee, leckte ihn ab, legte ihn auf den Teller zurück und beobachtete, wie die Fettbläschen, welche die Milch bei ihrer plötzlichen Erwärmung gebildet hatte, nach und nach zerplatzten.

Zwanzig Minuten später nahm Anne Forsberg ihm gegenüber Platz und lächelte ihn an. Diesmal trug sie dunkelblaue Jeans, einen flauschigen schiefergrauen Wollpullover, dessen hoher Kragen ihr bis ans Kinn reichte, und darüber eine abgewetzte Motorradlederjacke, die einmal olivgrün gewesen sein musste und ihrer Erscheinung einen draufgängerischen Chic verlieh. Alles andere war so, wie er es in Erinnerung behalten hatte: ihre hohe, offene Stirn, die hinter leichten Pausbacken hervortretenden Wangenknochen. Ihre stahlblauen Augen, die im Kontrast zu ihren schwarzen Haaren heute noch stärker zu leuchten schienen. Und auch der herzförmige Mund.

»Schön, dass Sie kommen konnten!«, sagte er ein wenig verlegen. »Ich hatte plötzlich das Gefühl, Sie anrufen zu müssen, entschuldigen Sie! Denn wahrscheinlich haben Sie überhaupt keine Zeit um für mich die Dolmetscherin zu spielen! Aber ich dachte, sie kann mir vielleicht helfen!«

»Ja, natürlich, gern!«, beruhigt sie ihn. »Die nächste Besichtigung ist erst um halb vier, das sagte ich ja. Ich hab also ein bisschen Zeit!«

Er griff nach der kleinen, in Zellophan eingeschweißten Karte, deren vier Ecken jeweils kleine, verschiedenfarbige Libellen zierten. »Was möchten Sie trinken, einen Kaffee?«

»Ich hatte gerade vorhin einen, aber, ach, was soll's! Ja, gern, einen Café con leche!«

Das eine halbe Stunde zuvor noch ungebremst auf den kleinen Platz herabscheinende Sonnenlicht war inzwischen von einer Schicht schneeweißer Wolken verdeckt, so dass um sie ein diffuses, gräuliches Licht herrschte wie zu Beginn eines einsetzenden Regens.

Halm machte der Bedienung, einem jungen Spanier, ein Handzeichen. Der Mann hatte sich eine bis zu den Schienbeinen reichende schwarze Schürze umgebunden, wie Halm sie von den Kellnern in den italienischen Restaurants in Köln kannte, die er häufig mit Rebecca besucht hatte, und auch mit seinem Kollegen Winterberg, in Sülz und in der Südstadt. Als der Mann an ihren Tisch kam, sah Anne ihn freundlich an und sagte in akzentfreiem Spanisch: »Un café con leche, por favor, y cigarrillos!«

»Bien, claro!«, entgegnete der und lief zurück ins Café.

»Sie rauchen?«, fragte Halm.

»Nein, nicht wirklich! Aber manchmal packt mich einfach die Lust auf eine Zigarette!«

»Ich hab gestern auch, ich weiß nicht seit wann, mal wieder eine geraucht, hab mir eine vom Taxifahrer geschnorrt!«, sagte er grinsend.

»Ich habe mich die ganze Zeit gefragt, wie es Ihnen geht«, sagte Anne Forsberg und legte den Kopf leicht schräg, so dass die langen Haare vor einen Teil ihres Gesichts glitten wie ein sich langsam schließender Vorhang.

Statt zu antwortern, sagte Halm: »Laut Angaben der beiden Polizeibeamten in Köln hat meine Schwester zuletzt da drüben, gleich um die Ecke, gewohnt, doch da will oder kann sich partout niemand an Luise erinnern. Und ein Klingelschild mit dem Namen Halm gibt es nicht. Merkwürdig. Ich dachte, vielleicht können wir zusammen nochmal rüber gehen und Sie fragen nach Luise?«

»Ja, klar!«, sagte sie. Im selben Moment kam der Mann an ihren Tisch zurück, stellte den Milchkaffee vor ihr ab, und legte eine Zigarettenschachtel Marlboro gemeinsam mit einem Streichholzbriefchen daneben.

Anne bedankte sich mit einem Nicken, riss eines der Zuckertütchen auf, die in einer kleinen roten Plastikbox, die auf dem Tisch stand, steckten, und ließ das feinkörnige weiße Pulver in das cremefarbene Schaumkissen des Kaffees rieseln, sah Halm an und sagte: »Wie geht es Ihnen mit all dem?«

Halm betrachtete kurz ihr Profil und sagte: »Das Ganze ist ein einziger Albtraum!« Und nach einer kurzen Pause fügte er hinzu: »Nein, das stimmt nicht. Es ist viel schlimmer! Denn selbst der schlimmste Albtraum geht irgendwann zu Ende. Aber dieser hier wird wahrscheinlich ewig dauern!«

Er blickte kurz über den Platz, dann sagte er: »Als Kinder hatten wir einen Hund, einen Mischling, irgendwas zwischen Rauhaar-Dackel und Spitz. Unser Vater hat ihm den Namen Miles gegeben, zugebenermaßen kein sonderlich passender Name für einen kleinen Hund, aber unser Vater ist ein großer Miles Davis-Fan, schon immer! Wir haben Miles über alles geliebt, und eines Morgens lag er, nachdem meine Mutter ihn raus in den Vorgarten gelassen hatte, mit durchschnittener Kehle vor der Tür. Damals dachten wir, etwas Schrecklicheres könne nicht passieren! Und wir fragten uns, was das für ein Mensch sein musste, der dazu fähig war, einem kleinen Hund die Kehle durchzuschneiden? Luise hat wochenlang getrauert. Ich weiß nicht, weshalb, aber ich musste sofort an Miles denken, als ich die Nachricht von ihrem Todes erhielt.« Den starren, vorwurfsvollen Blick des toten Tieres hatte Halm nie vergessen. Und auch nicht den Anblick der klaffenden Wunde, die glänzenden Teile seiner Luftröhre, der Muskeln und Sehnen freilegte. Als hätte Miles ihnen sagen wollen: Wieso habt ihr mich nicht geschützt? Wieso habt ihr das hier zugelassen?

»Wie schrecklich! Hat man herausgefunden, wer das getan hat?«, fragte Anne und hob die Hand vor den Mund.

»Es gab natürlich die uns bekannten Hundehasser im Viertel. Leute, die Teile zerkleinerter Rasierklingen in Würste stecken und sie anschließend im Park auslegen. Sicher ist es einer von denen gewesen. Wir waren auch bei der Polizei, aber, nein, Fehlanzeige, der Täter wurde nie gefunden.«

»Wollen Sie auch eine?«, fragte Anne und hielt ihm die offene Zigarettenschachtel hin.

»Ja, warum nicht!«, antwortete Halm und zog ein Stäbchen aus der Packung.

Er musste an Rebeccas überraschendes Angebot denken, das sie ihm am Telefon gemacht hatte. Wenn du willst, dass ich komme, sag es! Doch statt sie anzurufen, hatte er Anne Forsberg gebeten zu kommen, eine im Grunde wildfremde Frau, die ihm zufällig über den Weg gelaufen war. Nun saß sie keine Armlänge von ihm entfernt neben ihm und stieß leise den Rauch ihrer Zigarette aus.

»Und? Wie steht es unterdessen mit Ihrer Besichtigungstour? Haben Sie schon etwas Interessantes gesehen?«, fragte Halm und zog an der Zigarette.

»Ja, aber das Richtige war noch nicht dabei!«

Er stellte sich vor, wie sie in leeren, frisch geweißten Zimmern stand, sich mit den wechselnden Vermietern unterhielt und hin und her überlegte, sie plötzlich ihr Telefon klingeln hörte, weil er sie anrief, abnahm – und lächelte?

Zehn Minuten später stand Halm wieder mit Anne in dem dunklen, trutzigen Treppenhaus des Gebäudes mit der Nummer 123 in der Carrer del Pi und drückte den Klingelknopf der Wohnung, aus welcher ihm eine Stunde zuvor der Alte mit seinem Hund entgegen gekommen war. Er blickte Anne, die neben ihm stand, erwartungsvoll an.

Ein paar Sekunden lang herrschte weiter Stille, dann fing der Hund an zu kläffen, gefolgt von näher kommenden Schritten. Und dann hörten sie den Alten durch die geschlossene Tür hindurch fragen: »Quién está ahí, wer ist da?«

»Podría abrir brevemente la puerta? Würden Sie bitte kurz die Tür öffnen?«, erwiderte Anne. Noch einmal verstrichen einige Sekunden, ohne dass etwas geschah. Schließlich hörte man, wie sich der Schlüssel im Schloss drehte. Die Tür öffnete sich einen Spalt weit.

»Usted otra vez? Sie schon wieder!?«, sagte der Alte unwillig. »Was ist denn noch?« Der kleine Hund stand offenbar hinter ihm, er kläffte

»Silencio, Sandro!«, blaffte der Alte seinen Hund an, und trotz der schlechten Lichtverhältnisse, denn die von der Decke hängende verstaubte Glühbirne erzeugte kaum brauchbare Helligkeit, sah Halm nun, in welchem Zustand der Alte war. Er war unrasiert, seine kleinen farblosen Augen waren blutunterlaufen und sein Atem roch unverkennbar nach Alkohol.

»No puedo ayudarte! Ich kann Ihnen nicht helfen!«, erwiderte der Alte unwillig. Während er sprach zitterte sein Kehlkopf. Von seinem Hinterkopf standen einige Haare ab wie kleine Antennen, und seine Augäpfel umgab ein rötlicher Rand.

Im selben Moment fing der Hund wieder an zu kläffen, und der Alte machte Anstalten, die Tür zu schließen. Doch Halm drückte mit der Hand dagegen, und ohne Widerstand zu leisten gab der Alte dem Druck nach. Anne übersetzte, was er durch den offenen Spalt rief: »Ich hab sie nicht gemocht! Dauernd hat sie diese Typen ins Haus gebracht. Na ja, Sie wissen schon! Solche halt, wie man sie inzwischen überall auf der Straße sieht. Die kommen hierher, um unseren Leuten die Arbeit wegzunehmen! Ausländer eben, pfui! Spanien den Spaniern!«

Anne war wütend und schrie den Alten an, dass die Frau, über die er so boshaft spreche, die Schwester des Mannes sei, der hier vor seiner Tür stehe und dass die Schwester gestern bei dem Terroranschlag ums Leben gekommen wäre. Der Alte knurrte etwas Unverständliches und zog endgültig die Tür ins Schloss.

»Lassen Sie ihn!«, sagte Anne unwirsch, packte Halm am Arm und zog ihn weg. »Kommen Sie!«

Sie hörten noch, wie sich der Schlüssel im Schloss drehte.

»Alter Spinner! Unglaublich«, sagte Anne erbost. Sie stiegen ein paar Stufen weiter nach oben.

»Ja!«, sagte Halm. »Aber wie kommt der Kerl dazu, so über meine Schwester zu sprechen?«

»Ach, vergessen Sie ihn!«, sagte sie, machte eine wegwerfende Handbewegung und nahm die Stufen hinauf ins nächste Stockwerk. Oben angekommen, läutete sie an der Tür des Studenten, der kurz darauf öffnete.

Von ihm erfuhr sie, dass Luise Halm in der vierten Etage gewohnt hatte, gemeinsam mit einem Mann. Sie hätten häufiger ausländischen Besuch gehabt. In letzter Zeit sei sie aber nur noch selten hier gewesen. Und einmal, aber das liege schon länger zurück, habe er sie monatelang nicht gesehen, jedenfalls seinem Gefühl nach, das müsse im vergangenen Frühling gewesen sein.

»Was war das für ein Mann?«, wollte Anne wissen.

»Er sah aus wie ein Marokkaner oder so, keine Ahnung!«, antwortete er, »Plana arabé!«

Aus den hinteren Räumen seiner Wohnung erklang Gitarrenmusik. Anne bedankte sich freundlich und nickte Halm zu. Dann stiegen sie hinauf zu der Wohnung im vierten Stock.

Die Tür

Lennart Halm starrte auf die wirre Maserung der dunkel lackierten, abblätternden Tür und begann sich in deren Wellen und Linien zu verlieren. Nach und nach lösten sich deren Konturen in kleine, vor seinen Augen entstehende Wirbel auf. Und plötzlich war es wieder das Jahr 1985, ein ganz bestimmter Nachmittag im Januar.

Gegen alle Wettervorhersagen hatte sich der wintergraue Himmel über Köln plötzlich aufgetan, und es hatte begonnen zu schneien. Deutschland erlebte gerade einen der strengsten Winter seit Jahrzehnten. Stundenlang rieselte das weiße Pulver auf die Stadt nieder, und die »Es schneit, es schneit«-Rufe der hinauslaufenden Kinder schallten durch die in Weiß gehüllten Straßen des Viertels.

Halm und seine Schwester waren damals ebenso auf die Straße hinaus gerannt und hatten ihre Köpfe ungläubig in den Nacken gelegt. Beglückt hatten sie in das dichte Gestöber hinauf geblinzelt und mit aufgesperrten Mündern einzelne Flocken zu erhaschen versucht, um sich ihre winzigen Kristalle auf der Zunge zergehen zu lassen.

Immerzu hatten sie sich jauchzend im dichten Gestöber der schwerelos auf sie herabsegelnden Flöckchen mit ausgebreiteten Armen gedreht.

Oh, ja! Sie waren glücklich gewesen damals, hatten die gemeinsamen Momente wahrhaft so genossen, als seien es die vielbeschworenen letzten auf Erden. Später hatten sie sich im Garten in den knöchelhohen Schnee gelegt und durch wildes Rudern mit Armen und Beinen sogenannte Schnee-Engel geformt. Anschließend hatten sie sich lange an den Händen gehalten, als flögen sie gemeinsam im begrenzungslosen Himmelgrau dahin. Engelgleich. Und zuletzt hatte

Luise etwas vollkommen Unerwartetes getan: Sie hatte sich über ihn gebeugt, ihm tief in die Augen gesehen und ihm einen Kuss auf die Lippen gegeben.

In den zugigen Straßen hatten sich bald erste kleinere Schneewehen gebildet, und die Stadt hatte ihr Antlitz gründlich verändert – Frau Holle hatte ganze Arbeit geleistet.

Als sie irgendwann durchgefroren und mit von der Kälte geröteten Gesichtern in der Dämmerung zurück ins Haus schlichen, hielt Luise ihn einen Moment lang fest, sah ihn lange durchdringend an und sagte: »Daran werden wir uns später immer erinnern, ja, Lenni? Wie wir Schnee-Engel gemacht und uns an den Händen gehalten haben wie zwei, die nichts und niemand auseinander bringen kann! Und wie ich dich geküsst habe, als seist du mein Geliebter! Abgemacht?«

»Abgemacht!«, hatte er geantwortet, und Luise hatte gestrahlt.

Halm schloss die Augen, und sekundenlang schien alles wie in einer Überblendung wieder da zu sein: die unvergleichliche Weichheit des Schnees und dessen herber Geruch. Luises ausgelassenes Jauchzen. Der graue, tief hängende Himmel über ihnen, den man, so schien es ihm damals, berühren konnte, wenn man nur seine Hand weit genug nach ihm ausstreckte. Der unverwechselbare Geruch des Holzfeuers, das der Nachbar im Garten gemacht hatte, und auch die Eisblumen, morgens an den Fensterscheiben ihres Zimmers, das sie sich damals teilten. Ja, er war ihr erster Geliebter gewesen damals, an jenem Tag, als sie Schnee-Engel machten und sie ihn geküsst hatte.

»Alles o.k. mit Ihnen?«, hörte er Anne sagen, und kehrte widerwillig in die Gegenwart des schummerigen Treppenhauses zurück. Die Bilder verschwanden vor seinen aufgerissenen Augen.

»Äh, ja, Entschuldigung!«, sagte er, wie aus einem schönen Traum erwacht, und löste seinen Blick von der gewellten Maserung der Tür, »ich habe nur gerade…«

»Was?«, fragte Anne und sah ihn forschend an.

»Ach, ich musste gerade daran denken, wie Luise und ich als Jugendliche einmal im Schnee herumgetollt haben und uns anschließend ein Versprechen gaben!«

»Ein Versprechen?«, fragte Anne.
»Ja!«, sagte Halm.
Sie hatten einander so vieles versprochen, damals. Dass sie immer aufeinander aufpassen und für einander sorgen würden! Dass sie einander nie belügen, und niemals im Stich ließen! Und dass sie einander immer alles sagen würden, mochte es auch noch so abscheulich sein! Und dass sie immer an den Schnee-Engel-Nachmittag denken wollten!
Anschließend hatten sie sich durch die einander gegebenen Versprechen den Anderen überlegen gefühlt, als teilten sie fortan eine Art Geheimwissen, das sie über alle anderen erhob, und zu etwas Besonderem machte.
Doch was war aus diesen Vorsätzen geworden, die einmal so etwas wie heilige Schwüre für sie gewesen waren, bindend für alle Ewigkeit, und mit geradezu sakralem Ernst formuliert?
Auf ihren gewundenen Wegen ins Erwachsenwerden waren sie sich nach und nach abhanden gekommen. Schleichend und unmerklich. Aus den beiden Hälften, die sich einst nur gemeinsam als ein vollständiges Ganzes gefühlt hatten, waren über die Zeiten zwei unabhängig voneinander existierende Halbwesen geworden, die offenbar gut ohne den Anderen auskamen. Sie unterschieden sich nicht länger von all jenen Geschwisterpaaren, die sie damals für ihren offenbar gleichgültigen Umgang miteinander verachtet hatten.
Wahrscheinlich hätte jeder für sich, danach befragt, eine von der anderen Seite abweichende Version dieser kleinen, traurigen Entfremdungsgeschichte erzählt, und wohl aber trotzdem darauf bestanden, im Anderen den zweifellos wichtigsten Menschen zu sehen, nämlich den dem eigenen Denken und Fühlen immer noch am nächsten Stehenden. Aber weshalb? Und aufgrund von was? Weil all das, was sie nur noch mit Worten zu beschwören vermochten, tatsächlich einmal existiert hatte?
Sie hatten irgendwann aufgehört, sich über alles und alle Anderen zu stellen, und stattdessen Andere und Anderes für wichtiger gehalten! Ja, das war die wahre Geschichte. So war es gewesen. Das Bild,

das sie einst vor anderen für andere abgegeben hatten, nämlich das einer außergewöhnlichen, weil scheinbar unverbrüchlichen Verbundenheit, existierte nur noch in der Erinnerung.

Neben dem Klingelknopf war ein helles Namensschild befestigt, flüchtig mit Tesafilm überklebt, damit es an den Seiten hielt. Darauf stand in Großbuchstaben der Name J. URZAIZ.

»Urzaiz? Woher kommt das? Ist das Spanisch?«, fragte Halm und sah Anne an.

»Klingt baskisch!«, sagte sie. »Aber ich kann mich täuschen.«

Halm strich mit der Hand über die Klebestreifen und begann, sie nach und nach vorsichtig abzulösen, er zog hier und zupfte da, bis sich das Schildchen löste und darunter das alte, ursprüngliche Namenstäfelchen zum Vorschein kam: L. HALM.

Es versetzte ihm einen Stich, Luises Handschrift zu sehen, auch wenn sie die fünf Buchstaben, die da auf dem vergilbten und mit der Zeit wellig gewordenen Papierstreifen standen, wahrscheinlich schon vor langer Zeit geschrieben hatte.

Er trat näher an die verschlossene Tür heran, legte den Kopf seitlich dagegen und horchte, klopfte zwei Mal und trat, weil nichts geschah, wieder einen Schritt zurück.

Von unten drang gedämpft das erstickte, jämmerliche Bellen des Hundes herauf. Oben ließ das dicke Milchglasdach nun einen Schimmer herein, während hier unten bei ihnen die Etagenlampen brannten.

Ganz gegen seine an sich besonnene, rationale Art dachte Halm mit Blick auf die verschlossene Wohnungstür: Der Beamte der Policia Local hat mich daran gehindert, in den Todesschacht zu steigen! Aber DU wirst mich nicht aufhalten!

Und nachdem ein paar Sekunden verstrichen waren, bewegte Halm sich einen weiteren Schritt zurück, und tat etwas, das er sich selbst nicht wirklich erklären konnte.

Später wird er sagen, er habe einem plötzlichen, unbezwingbaren Impuls folgend gehandelt, kurzentschlossen, vollkommen spontan, ohne zu überlegen. Doch er tat es mit der Zielstrebigkeit eines Tieres, das alles ausblendete, und sich ausschließlich auf die ins Visier genommene Beute konzentrierte. Halm schnellte federnd in der Manier eines Kung Fu-Kämpfers mit voraus gestrecktem rechten Bein nach vorn, und trat mit der ganzen Wucht seiner fünfundachtzig Kilogramm Körpergewicht gegen die Tür, die daraufhin mit einem trockenen Knall aufsprang und den Blick auf einen langen, dämmrigen Flur freigab.

Mit hämmerndem Puls, dessen Echo er ganz hinten im Hals spürte, sah er Anne fast ein wenig schuldbewusst an. Dann spürte er den stechenden Schmerz im rechten Fußgelenk, biss die Zähne zusammen und streckte seine Hand nach ihr aus.

Sie sah ihn ungläubig an, und sagte mit leicht schräg gelegtem Kopf: »Was haben Sie gemacht?«

Unten im Treppenhaus wurden Stimmen und Geräusche laut. Jemand rief zu ihnen herauf: »Was ist denn da oben los?«

»Todo está bien!«, rief Anne nach unten und beugte sich dabei ein Stück übers Treppengeländer.

»Danke!«, sagte Halm und dachte: Sie muss mich für vollkommen verrückt halten! Und das bin ich ja wohl auch, vollkommen verrückt! Ich trete Türen ein, führe mich auf wie ein Berserker. Doch schon im nächsten Moment meldete sich eine Stimme in ihm die rief: Nicht denken! Wer denkt, ist verloren!

Der Schmerz in seinem Fuß wurde stärker, pochte wie ein in eine dunkle Schachtel gesperrter Käfer.

Halm warf einen Blick auf das durch die Wucht des Stoßes beschädigte Türschloss. Der starr ausgefahrene Riegel (die Tür war offenbar abgeschlossen gewesen) hatte den Türstulp aus dem Holzrahmen gerissen, und die Falle und die Schrauben aus den beiden Löchern gesprengt. Auf dem Steinboden lagen Holzsplitter.

Vorsichtig humpelte er in den dunklen Flur, blieb aber nach wenigen Schritten stehen, sah sich nach Anne Forsberg um und fragte: »Kommen Sie?«

Ihre zaudernde Haltung ließ plötzlich das Mädchen erahnen, das sie einmal gewesen war. Er lenkte seinen Blick zurück in die Tiefe des schätzungsweise vier Meter langen Flurs, an dessen Ende sich ein größerer Raum mit Fenstern öffnete, durch die das Licht hereinfiel.

Er tappte durch das Halbdunkel. Nach ein paar Metern stand er in einem größeren Raum, der sich als eine Art Wohnküche erwies, und murmelte in die Stille hinein, als fordere er die Wohnung zum Dialog auf: »Erzähl mir, was hier stattgefunden hat! Hilf mir, die Zusammenhänge zu sehen!«

Zu beiden Seiten hin zweigte jeweils ein kleinerer Raum ab, nach rechts eine winzige Abstellkammer, nach links ein halbdunkles Schlafzimmer, dessen schwere Brokatvorhänge zugezogen waren und eine dunkelkammerartige Stimmung erzeugten. Derjenige, der hier gelebt hatte, hatte offenbar das Licht gescheut. Oder aber etwas zu verbergen gehabt, dachte Halm.

An der Wand stand ein Fichtenholzbett, das ein orientalisch gemustertes Vlies bedeckte. Daneben zwei mit dunklem Klebeband verschlossene Umzugskisten, leere Aktenordner und weiter links ein paar zerlesene Taschenbücher. Rechts davon haarige Staubmäuse auf dem Steinboden, groß wie Tennisbälle.

Über dem Bett hing eine, an mehreren Stellen eingerissene, und in offensichtlicher Pop-Art-Manier gehaltene Nachbildung des klassischen Venus-Symbols, das für das weibliche Geschlecht stand: der geschlossene Kreis mit dem nach unten zeigenden Kreuz. Doch in dem Kreis auf dem Poster befand sich zusätzlich noch ein roter Stern.

Die obere rechte Reißzwecke fehlte, so dass das Poster sich an der Stelle eingerollt hatte und kraftlos herabhing wie eine vor Urzeiten vertrocknete Blüte. Halm nahm sein Smartphone hervor und fotografierte das Plakat. Später würde er im Internet danach suchen, was dieses Zeichen bedeutete, und sehen, dass es sich dabei um das Symbol des islamischen Feminismus handelte.

Zurück im Flur ging es weiter hinten linkerhand in ein kleines und streng nach Schwefel riechendes Badezimmer, das lange niemand mehr benutzt zu haben schien. Rund um den Abfluss der Dusche, deren Vorhang fehlte, hatte sich um die darin versammelten langen, sich bauschenden Haare eine dicke Schmutzkruste gebildet, trocken und porös wie eine vor langer Zeit geschlagene, aber nie ganz verheilte Wunde. Auch hiervon machte er Fotos.

In dem staubigen Bidet lag eine zerdrückte kleine hellgrüne Plastikflasche, und nun entdeckte Halm auch die Stange des Duschvorhangs. Der zirka einen Meter lange, beigefarbene Teleskop-Stab lehnte in der Ecke der hüfthoch dunkel gekachelten Wand. Über dem Waschbecken hing eine Art Alibert-Schrank.

Er sah flüchtig in den in der Mitte vertikal geteilten Spiegel, dann öffnete er die rechte der beiden Türen und sah hinein. Zwischen einer aufgerissenen Schachtel Tampons, verschiedenfarbigen Armreifen, Nagellacken, einer vertrockneten Zahnpasta-Tube, deren Verschluss fehlte, und einem Nagelknipser lag eine Art Anhänger oder Talisman, der sofort seine ganze Aufmerksamkeit auf sich zog. Halm nahm das aus zwei durch ebenfalls zwei Ösen miteinander verbundenen Teilen bestehende Schmuckstück heraus und besah es sich genauer.

Das Zentrum der größeren der beiden kreisrunden Silberscheiben, die einen Durchmesser von etwa zehn Zentimetern hatte, war die naturgetreue Nachbildung eines menschlichen Auges, dessen in Form von blauen und weißen Kreisen nachempfundene Pupille von einem starrenden nachtschwarzen, und ebenfalls kreisrunden Stein gekrönt war. Rechts und links davon war die Fläche mit kleinen gestanzten Vertiefungen übersät. Über die beiden Anhänger damit verbunden war ein deutlich kleineres zweites und ebenfalls dämonisch starrendes Auge, das jedoch lediglich aus dem herausgelösten Augapfel bestand, dafür aber rundum mit kleinen Silberkugeln verziert war.

Halm wog den Anhänger nachdenklich in der Hand und drehte ihn um, um sich dessen Rückseite zu betrachten. Und da entdeckte er die beiden in dessen glatte Rückseite eingestanzten Initialen: L.H. Und darunter, etwas kleiner, ein Datum: 2014.

Reflexartig schlossen sich die Finger seiner Hand um den Anhänger, als wollten sie ihn nie wieder freigeben. Als sei er auf dem dunklen, lichtlosen Grund eines seit Ewigkeiten toten Meeres auf ein nicht für möglich gehaltenes Zeichen einer kürzlich noch existierenden Lebensform gestoßen.

Er lief zurück in den großen Wohnraum, den er ebenfalls fotografierte und ließ seinen Blick ungläubig über die billigen Möbel und Gegenstände wandern.

Die Küchenzeile bestand aus einem alten, mannshohen, silberfarbenen und ziemlich verschrammten Siemens-Kühlschrank, einem offenen Vorratsschrank, dessen Inneres ein kleiner, starrer und über Ösen an einer Schiene befestigter Plastikvorhang verbergen sollte, und einer Steinspüle, auf deren Ablauf ein ganzes Arsenal leerer Untertöpfe für Topfpflanzen stand. Aber wo waren die Pflanzen? In der verrosteten Abtropfe lagen ein eingetrockneter, nussbrauner Scheuerschwamm und eine Plastikspülbürste. Daneben stand eine halbvolle Flasche giftgrünes Spülmittel der Marke Fairy.

Nichts erinnerte hier (außer vielleicht das Poster an der Wand) an den für seine Schwester typischen aufrührerischen Geist und den viel gepriesenen exquisiten Geschmack, der einst unter seinen männlichen Freunden, die Luise kannten, für Furore und bei ihren Freundinnen nicht selten für neidvolle Bewunderung gesorgt hatte. Der kantige Holztisch war mit einer billigen Resopal-Platte versehen und von Brandflecken übersät. Und die schwarzen Kunststoff-Klappstühle stammten wahrscheinlich von IKEA.

Die weiß gekalkten Räume, von deren Decken zum Teil mehrere Zentimeter lange ruß-graue Spinnweben herabhingen, erinnerten in ihrer spärlichen, und vollkommen toten Aufgeräumtheit an billige Ferienwohnungen am Meer, die Menschen mieteten, die entweder vorhatten, sich umzubringen, oder aber jeden Sinn für Schönheit und Behaglichkeit verloren hatten. Das Ganze wirkte wie ein trostloses Sammelsurium flüchtig zusammengesuchter Sperrmüllgegenstände, provisorisch und abstoßend.

Hier, dachte Halm irritiert, soll meine Schwester zuletzt gelebt haben? In diesem Rattenloch? Unmöglich! Nicht Luise! Eine Frau, die stets großen Wert auf die Art und die Aussagekraft ihrer Kleidung legte, und schon von klein auf darauf bestanden hatte, von, wie sie das selbst altklug nannte, schönen Dingen umgeben zu sein.

Mehr als einmal hatte Halm auf Reisen, die sie als Kinder mit den

Eltern in ferne Urlaubsorte unternahmen, erlebt, wie Luise sich prinzessinnenhaft weigerte, das ihnen zugedachte Hotelzimmer zu beziehen, weil sie das Gefühl hatte, die Räumlichkeiten entsprächen nicht ihrer Vorstellung von Schönheit und stilvollem Ambiente.

Sie waren behütet im Köln der Achtzigerjahre aufgewachsen. Mit E.T., Tschernobyl, den ersten Atari-Computern und Knight Rider, und sie hatten anfangs Spliff, Depeche Mode und die Pet Shop Boys gehört. Bis Luise irgendwann begann, musikalisch andere Wege zu gehen, und über David Bowie und Iggy Pop zu Joy Divison und Anne Clark fand.

Sie hatten den Wohlstand eines Architektenhaushalts genossen, und Luise hatte schon früh einen ausgeprägten Sinn für Formen und Stile entwickelt. Angefangen bei den Möbeln von Charles Eames, Marcel Breuer oder Eileen Gray, die der Vater – ein erklärter Bauhaus-Fan – mit zäher Sammlerleidenschaft nach und nach ins Haus brachte und die sie sehr mochte. Bis hin zu den knalligen Gemälden der italienischen Trans-Avantgarde-Maler Sandro Chia, Francesco Clemente oder Mimmo Palladino, von denen sie tatsächlich mehrfach behauptet hatte, deren Farbexplosionen sprächen ihr »aus der Seele«.

Luise war schon im Alter von zwölf das, was man einen Snob nannte. Sie gab sich elitär und genoss es sichtlich, wenn Freunde von ihr zu Besuch kamen und das Gefühl hatten, in ein von der Familie Halm bewohntes kleines Museum geraten zu sein.

Vor diesem Hintergrund wirkten die Räume, in denen Halm in diesen Minuten mit dem von seiner Schwester angefertigten Talisman in der Hand stand, wie ein schlechter Scherz. Zudem hatten der- oder diejenigen, die sich hier in dieser Wohnung an der Placa del Pi eine Zeit lang aufgehalten hatten (Luise und jener ominöse Unbekannte namens Urzais?) augenscheinlich gewusst, dass sie nicht mehr zurückkommen würden. Alles wirkte verlassen, abschließend aufgeräumt, etwaige persönliche Hinweise auf die einstigen Bewohner waren getilgt.

Also weshalb der Glücksbringer? Hatte Luise ihn am Ende absichtlich zurückgelassen? Für ihn, ihren Bruder, damit er ihn fand, wenn er sich auf die Suche nach ihr machte? Denn der Kühlschrank war ebenso demonstrativ leer geräumt worden wie der schmale Kleiderschrank im Schlafraum, in dem lediglich zurückgelassene Draht-Kleiderbügel auf einstige Bewohner verwiesen. Die Wohnung hatte diesen Leuten bestenfalls als zeitlich begrenzter Unterschlupf gedient, als Versteck. Aber vor wem oder was?

»Kommen Sie mal!?«, erklang plötzlich Annes Stimme. Halm hatte die Anwesenheit der jungen Frau für ein paar Minuten vollkommen vergessen.

»Ja!«, erwiderte er und lief mit dem Schmuckstück in der Hand in die Richtung, aus der ihre Stimme gekommen war.

»Hier, sehen Sie mal!«, sagte er, als er in dem kleinen, aus einem Regal, einem Tisch und einem Stuhl bestehenden Zimmer vor ihr stand, und hielt ihr den auf der flachen Hand liegenden Anhänger hin. »Das hat meine Schwester gemacht! Hab ich drüben im Bad gefunden.«

»Wie schön, eine Art Glücksbring*er*, oder?«, sagte sie und hielt ebenfalls etwas in der Hand.

Halm fixierte ihr Profil. Diese Frau war auf eine Weise schön, die ihn anzog, ohne ihn zu verwirren. Ihre Schönheit hatte etwas Beruhigendes, weil sie Halt und Sicherheit versprach.

Irgendwo hatte Halm kürzlich den Satz gelesen »Die Toten haben keine Geschichte!« Jetzt fiel er ihm wieder ein. Bereits beim ersten Lesen hatte er seinen spontanen Widerspruch herausgefordert. Nun tat er es umso mehr. Denn Halm war fest davon überzeugt, dass Luises Geschichte noch nicht zu Ende war. Das letzte Kapitel war noch nicht geschrieben. Es würde die kurze Episode ihres Todes erzählen – und den langen, unbegreiflichen Weg beschreiben, den sie dorthin zurückgelegt hatte.

Ihre Mörder waren es, die für immer mit ihrer Geschichte verbunden bleiben würden. Und damit mit ihr, mit Luise. Sozusagen im Tode vereint! Auch dafür hasste er sie. Er war fest entschlossen, sie ihnen wieder zu entreißen!

Anne hielt ihm das, was sie gefunden hatte, hin, und fragte: »Ist sie das?«

»Ja, das ist sie, das ist Luise!«, sagte Halm und fühlte, wie sein Herz schneller schlug. »Wo haben Sie das her?«

Es handelte sich um einen vergilbten, sepia-farbenen Streifen verwaschener, schwarz-weißer Automatenbilder, wie man sie aus den Achtzigerjahren kannte: Luise im Alter von vielleicht fünfzehn Jahren, mit lässig hochgesteckten Haaren und ihren riesigen Kreolen, die sie damals immer trug – eingefangen in der engen Fotokabine. Auf jeder der vier Aufnahmen zeigte sie einen anderen Gesichtsausdruck.

Halm musste beim Betrachten der Fotos daran denken, wie sie, Luise und er, als Jugendliche manchmal nach der Schule zu Hertie liefen, sich gemeinsam in die dort stehende Fotokabine auf den höhenverstellbaren Holzdrehstuhl setzten, drei Mark in den Automat einwarfen und verrückte, blöde Fratzen schnitten, sobald es blitzte. Und wie sie es anschließend kaum erwarten konnten, bis der noch leicht feuchte Bildstreifen nach der angegebenen Wartezeit von fünf Minuten endlich leicht zitternd im Strom der Warmluft, die ihn trocknen sollte, in dem kleinen, quadratischen Entnahmeschacht erschien.

»Aus dem Ding da!«, sagte Anne und zeigte mit dem ausgestreckten Finger auf eine offene, quadratische Blechbüchse, die auf dem Boden stand.

Den Raum füllte weiches Abendlicht, obwohl es noch nicht einmal Mittag war. Es fiel schräg durch das kleine Fenster herein und beleuchtete die wenigen Gegenstände, die sich im Raum befanden – das staubige Bücherregal, den kleinen verschrammten Holztisch und auch den davor stehenden durchgesessenen Bürostuhl.

»Sie war hübsch, Ihre Schwester!«, sagte Anne und tippte mit dem Zeigefinger auf das obere Bild.

»Ja!«, sagte Halm. »Und das war alles, nur das hier?« Er wedelte mit dem Fotostreifen.

»Ja, das andere sind bloß alte Quittungen und irgendwelche Rechnungen!«, sagte sie, heftig mit dem Kopf nickend.

Im Treppenhaus wurden Schritte laut, gefolgt von heftigem Türenschlagen und Stimmen. Halm hielt inne, lauschte und glaubte das Wort Policia gehört zu haben.

»Polizei?«, flüsterte er und sah sie fragend an.

»Ja!«, sagte Anne, packte ihn am Arm und zog ihn mit sich. »Los, kommen Sie, schnell!«

Wie weiter?

Sie waren auf Zehenspitzen die Treppen ins oberste Stockwerk hinauf geschlichen und über einen Austritt auf eine Art Dachterrasse gelangt. Dort hatten sie sich hinter einem gemauerten Kamin verborgen wie Kinder, die Verstecken spielen und sich amüsiert vorstellen, wie die Anderen sie vergeblich unten suchen.

»Warum tun Sie das für mich?«, fragte Halm und sah Anne von der Seite an.

»Was meinen Sie?«, fragte sie zurück.

»Na, Sie kommen her, brechen mit mir in eine Wohnung ein, entwenden Dinge und flüchten am Ende mit mir vor der Polizei!

»Eingebrochen sind Sie!«, antwortete sie unbeeindruckt von seiner Frage, und lächelte süffisant.

»Oh ja, das stimmt!«, sagte er und ließ seinen Blick nachdenklich über die Dächer des Viertels gleiten.

Das Schicksal oder der Zufall hatten sie zusammengeführt und diese junge Frau zu einer Art Komplizin in dieser, seiner Sache gemacht. Aber wozu? Und mit welchem Hintergedanken? Damit ihm jemand dabei zusah, wie er unter der Last seiner Trauer langsam zerbrach, und ihn auf den letzten Metern stützte, ehe er fiel? Oder dass sie ihm bei der Suche nach jenen Hintermännern half, die Luises Mörder losgeschickt hatten, um ihre Bomben zu zünden? So wie einst Bia und Kratos dem griechischen Sonnengott Hephaistos dabei halfen, für seine herrische Mutter Hera einen goldenen Thron zu schmieden, der ihr zur perfiden Falle werden sollte?

»Wie alt sind Sie?«, fragte Halm plötzlich ohne Vorwarnung, weil er mit seiner Überlegung nicht weiterkam, und sah sie von der Seite an.

Die Spitzen ihrer schwarzen Haare kräuselten sich wie Vogelfedern auf ihrer Schulter, und die Konturen ihres Profils hoben sich nun vor dem im Hintergrund über den Dächern und Türmen hellblau leuchtenden Himmel ab wie ein mit dünnem Filzstift auf blauem Hintergrund gemaltes Gesicht.

Sie drehte ihren Kopf langsam zu ihm, die Haare glitten dabei zurück und ihre irritierend klar blickenden Augen sahen ihn nun ganz ruhig an. »Warum wollen Sie das wissen?«

Sie stockte kurz. »Sechsundzwanzig! Zufrieden?«

»Sechsundzwanzig!«, wiederholte er und dachte, sie könnte eine seiner Studentinnen sein und sich für Autorinnen wie Elisabeth Bishop, Sylvia Plath und Mary Gaitskill interessieren. Und selbst halbwegs ordentliche Geschichten verfasst haben, aber nein, sie studierte ja Kunsttheorie, und wahrscheinlich sagte ihr nicht einmal der Name Alice Munroe etwas.

Sie war ebenso jung wie seine Studenten und Studentinnen, und trotzdem ganz anders, nämlich erwachsener, reifer und in der Lage, jemanden wie ihn, der ins Taumeln geraten war, zu begleiten. Und sofern sie ihn nur lange genug begleitete auf diesem schwer passierbaren Weg, wäre er vielleicht imstande, dem, was dieser Albtraum noch an Überraschungen für ihn bereithielt, zu trotzen, ohne darüber den Verstand zu verlieren.

»Könnte ich eine Zigarette haben?«, fragte er und dachte an die Polizisten, die ein Stockwerk tiefer in der Wohnung standen, sich umsahen und wahrscheinlich Notizen machten und ihrem Vorgesetzten per Handy durchgaben, dass irgendjemand die Wohnung des Opfers aufgebrochen hatte. In seiner Fantasie sah er bereits, wie sie beim Verlassen der Räume ein rotblaues Policia-Flatterband vor der Tür anbrachten und die Wohnung damit zum Tatort erklärten.

»Aber ja, Moment!«, sagte sie, öffnete ihre Handtasche und nahm die Schachtel und die Streichhölzer heraus. »Hier, bitte!«

Halm zog eine Zigarette aus der Packung, setzte sie in Brand und inhalierte den Rauch mit geschlossenen Augen so tief er konnte. Er starrte dem Rauch nach, der sich kurz wand und in hellgrauen

Schleifen davon flatterte wie ein Schwarm taumelnder Falter, Monarch-Falter zum Beispiel, die etwas Geheimnisvolles, ja geradezu Mythisches umgab.

Jahr um Jahr fiel der prächtige Wanderfalter am 2. November, dem Dia de los Muertos, millionenfach in die Schlucht der Toten in der mexikanischen Sierra Nevada ein, um die erloschenen Seelen zurückzubringen. Dafür huldigten die Mexikaner den leuchtend orangefarbenen Faltern wie einer auf die Erde zurückgekehrten Gottheit.

»Wissen Sie, was ein Monarchfalter ist?«, fragte er.

»Nein?! Warum fragen Sie!«

»Ach, nur so!«, sagte er und dachte: Ob Luise sich irgendwann in einen Monarchfalter materialisieren und in dessen Gestalt zu ihm zurückkehren würde, um ihm ihre verlorene Seele zurück zu bringen? Was für eine schöne Vorstellung!

Bei Mark Twain hatte er einmal sinngemäß gelesen, man solle sich nie von seinen Träumen trennen, denn wenn sie verschwunden seien, existiere man zwar weiter, doch man habe aufgehört zu leben.

Von welchen Träumen hatte Luise sich zuletzt getrennt? Von dem einer neuen großen Liebe? Hatte sie darum sterben müssen? Weil sie ihre Träume begraben hatte, und nur noch existiert hatte, statt zu leben?

Genug davon!, mahnte ihn die Stimme in seinem Hinterkopf, hör auf, Schluss damit!

Anne steckte sich nun ebenfalls eine Zigarette an und blies den Rauch ihres ersten Zuges in die leichte Mittagsluft. Dann starrte sie eine ganze Weile reglos vor sich hin, während die Zigarette zwischen ihren Finger qualmte.

»Ich musste gerade an meine Mutter denken!«, sagte sie wie aus einer kurzen Trance erwacht und nahm wieder einen Zug, »Und habe mich gefragt, wie sie wohl heute wäre, wie sie aussähe?«

»An was ist sie gestorben?«

»An einem Hirnschlag«, antwortete Anne und starrte dem Rauch ihrer Zigarette nach, der als dünner, sich in Schleifen windender Faden in die Höhe stieg, auflöste, verschwand. »Obwohl sie damals noch recht jung war, litt sie bereits seit Jahren an zu hohem Blutdruck. Sie nahm Medikamente dagegen, doch eines Tages traten schlagartig starke Taubheitsgefühle und Sehbeschwerden auf. Und auf dem Weg zum Arzt wurde sie ohnmächtig und starb noch im Wagen meines Vaters.«

Halm hatte ihr aufmerksam zugehört und dachte: Ob ich wohl jemals in der Lage sein werde, so über Luise zu sprechen? Nämlich auf eine solch ruhige und beruhigende Weise, ohne Bitterkeit, Verzweiflung und Wut?

»Kein sehr schöner Ort, um zu sterben«, sagte er nachdenklich, korrigierte sich aber gleich. »Aber welcher Ort wäre dafür schon ein schöner? Möchten Sie etwa in der Métro sterben? Und auf diese Weise?«

»Ich denke, es müsste ein Ort sein, an welchem dem Sterbenden nichts fehlt, wenn es soweit ist!«, sagte sie, ohne auf die Anspielung auf seine Schwester einzugehen, führte die Zigarette zum Mund, sog daran und ließ den Rauch anschließend zwischen ihren nur ganz leicht geöffneten Lippen in kleinen zitternden Wellen entweichen.

»Wie meinen Sie das? An dem einem nichts fehlt?«

»Ganz einfach«, sagte sie, »der richtige Ort, also ein Platz, an dem unsere Gedanken nicht mehr abschweifen, weil sie etwas begehren, sondern sich ganz darauf einlassen, dauerhaft zur Ruhe kommen können. Das wünsche ich mir jedenfalls für mich, wenn es bei mir mal so weit ist! Dass ich ungestört sterben kann!«

Halm schwieg. Irgendwann sagte er: »Denken Sie noch oft an Ihre Mutter?«

»Ja, eigentlich schon«, antwortete sie. »Ich hatte leider wenig von ihr. Als ich anfing, sie zu erleben und besser zu verstehen, starb sie. Ich war sechs, damals, das hab ich Ihnen ja erzählt!«

»Ja«, sagte er. »Man sagt, die Toten lebten in unserer Vorstellung weiter. Und vielleicht tun sie das ja wirklich ein bisschen. Meine Mutter kann sich inzwischen gar nichts mehr vorstellen. Oder alles, was am Ende vielleicht ein und das selbe ist. Sie hat es irgendwann vorgezogen, sich und den Rest der Welt zu vergessen, um nicht länger an beidem zu leiden. Sie ist im fortgeschrittenen Stadium dement und lebt in einer Einrichtung, die sich Rosengärtchen nennt. Als ob dort noch was blühen würde außer das Vergessen!«

»Erkennt sie Sie noch?«

»Manchmal scheint es so, ja, für kurze Momente, die sie aber offenbar erschrecken, so, als hätte sie Angst, dorthin zurück zu müssen, also zu mir. Und damit in ihr altes Leben, das sie plötzlich wieder sekundenlang zu sehen scheint. Dann verdüstert sich ihr Blick aber wieder sofort.«

»Lieben Sie Ihre Mutter?«

Er stockte. »Lieben?«

Sie konnte förmlich sehen, wie er dieses Wort innerlich prüfend in die Länge zog.

»Ach, ich weiß nicht? Ich glaube inzwischen, dass Liebe insgesamt etwas ziemlich Überbewertetes ist. Aber was meine Mutter betrifft, so werfe ich ihr vor allem vor, dass sie so geworden ist, wie sie jetzt ist. Obwohl ich natürlich weiß, dass sie dafür nichts kann. Trotzdem ist es für mich ein bisschen so, als sei sie getürmt. Als hätte sie sich durch einen Hinterausgang davon gemacht. Sie lieben? Nein, ach ich weiß es nicht!«

»So sehen Sie das?«

»Ja, irgendwie schon!«, sagte er.

Rebecca, mit der er noch am Vorabend telefoniert und sich dabei momentlang an die Rebecca erinnert gefühlt hatte, die ihm sehr viel bedeutet hatte, war leicht reizbar und oft hilflos ihren rasch wechselnden Launen ausgesetzt. Rebecca empfand das Leben häufig als für sie zu anstrengend und als chaotisch. Die Folge war, dass sie ihrem Alltag am Ende zumeist bloß noch mit Pragmatismus begegnet war in Form dummer Regeln, die sie gleich für sie beide aufgestellt hatte, damit sie, wie sie das nannte, nicht die Übersicht in diesem zermürbenden Chaos verloren.

Anne, deren rechte Schulter in diesem Moment seine berührte, erschien damit verglichen geradezu furchtlos, gesegnet mit dem Ur-Vertrauen der Jugend, die glaubt, unsterblich zu sein. Doch ihre Art zeigte ihm auch, dass er, der deutlich Ältere, bereits dazu verurteilt war, etwas sehen und aushalten zu müssen, das sich ihrer Wahrnehmung offenbar noch geschickt zu entziehen vermochte, nämlich die Gefährlichkeit des Lebens, die sich auch ihm lange in ihrer verführerischen Schönheit, zuletzt aber hier in Barcelona und am Beispiel seiner Schwester, in ihrer ganzen, vernichtenden Grausamkeit offenbart hatte.

Rebecca, das fühlte er plötzlich, war unwiderruflich Geschichte geworden, ein Stück unveränderlicher Vergangenheit.

Aber was war dann mit der Zukunft? Welches Gesicht würde die Zukunft haben, wenn sie denn dereinst vor ihm stünde, nachdem die Tränen getrocknet, die Trümmer weggeräumt und die ersten Eichen- und Kastanienblätter, vom Herbststurm dorthin geweht, auf Luises Grab liegen würden?

Rebecca hatte ihm angeboten zu kommen. Doch schon im Moment ihres Angebots hatte er gespürt, dass ihr Erscheinen sie nur zurück in die ihnen vertraute Sackgasse führen würde, in der sie am Ende festgesessen hatten.

Halm nahm den letzten Zug aus der bis auf den Filter heruntergebrannten Zigarette und schnippte den Stummel auf die mit grobkörniger Wellpappe ausgelegte Terrasse, deren Struktur im Licht glänzte und flirrte wie der Grund eines ausgetrockneten, von Milliarden zurückgelassener Kristalle bedeckten Salzsees. Er sah auf die Uhr.

In Kürze würde er Inspector Aranda von der Policia Local gegenüber sitzen und die traurigen Fakten vom jähen Ende seiner Schwester erhalten, eingeschlagen in routiniert vorgetragenes Mitleid wie ein Strauß violetter Tulpen in altes Zeitungspapier.

Anschließend würde er mit dem Taxi an den Ort des Anschlags fahren, um endlich zu sehen, wo Luise gestorben war, während Anne eine weitere Wohnung besichtigte, irgendwo da unten in dieser lauten, aufgeregten Stadt, die sich nach dem erlittenen Angriff schütteln würde wie ein sich langsam aus dem Arenastaub erhebender Kampfstier, der schon ganz andere Attacken weggesteckt hatte.

»Wahrscheinlich sind die Polizisten da unten längst weg!«, sagte er und sah sie an. »Wollen wir gehen?«

Wieder allein

Anne war mit schnellen Schritten über den Platz in Richtung Ramblas verschwunden. Sie waren auseinander gegangen wie zwei, die jeder für sich spürten, dass zwischen ihnen etwas begonnen hatte. Etwas, das man so oder so nennen und das überall und nirgends hin führen konnte.

Halm irrte auf der Suche nach einem Taxi, das ihn in den Districte de Grácia bringen sollte, wo sich Inspector Arandas Büro befand, über die sich unter klatschend aufsteigenden Taubenschwärmen öffnenden kleinen Plätze in der Nähe der Basilica.

Der Gedanke, dass Anne sich wieder etwas anderem zuwandte, versetzte ihm einen kleinen Stich. In den Westernfilmen, die er als Junge im Fernsehen gesehen hatte, »Der Mann, der Liberty Valance erschoss«, »Rio Bravo« oder »12 Uhr mittags«, hatte Halm manchmal einen mit einer speckigen Lederweste bekleideten Mann beschwörend zu einer schönen und fest an sich gedrückten Frau sagen hören, »Lass uns von hier fortgehen und woanders ein neues Leben anfangen!«

Halm war damals zwölf oder dreizehn, und in Stephanie Zimbalist aus der immer dienstags um halb sieben ausgestrahlten TV-Vorabend-Serie »Remington Steele« verliebt gewesen (während Luise im Gegenzug für Pierce Brosnan schwärmte), und wie verzaubert von der Vorstellung, die dieser ominöse Satz spontan in ihm ausgelöst hatte: Nämlich die offenbar existierende Möglichkeit, sein altes ungeliebtes Leben wie ein zu eng gewordenes Kleidungsstück abstreifen zu können, um in veränderter Umgebung und unter veränderten Voraussetzungen nochmal anderswo neu zu starten, von vorne anzufangen.

Halm, der die Schule lange als bedrängende Qual und Folge wiederkehrender Demütigungen erlebt hatte, war damals wegen dreier Fünfen in Mathematik, Erdkunde und Englisch sitzengeblieben und der damit verbundenen Schmach ausgesetzt gewesen, mit ansehen zu müssen, wie seine Mitschüler sich sorglos in die großen Ferien verabschiedeten, während er wie der glücklose Monopoly-Spieler ins Gefängnis wanderte, nicht über Los ging und keine achttausend Mark einzog.

Was hätte er damals dafür gegeben, ein neues Leben anfangen zu können wie die Verliebten in den Western, um damit die in der Schule erlittenen Erniedrigungen hinter sich zu lassen! Doch dann war alles ganz anders gekommen: Er hatte am Ende sogar ein ganz passables Abitur gemacht, während Luise irgendwann alles hinwarf, mit dem Nötigsten in ihrem Koffer über Nacht verschwand, von einem wesentlich älteren Mann schwanger und noch als Teenager Mutter eines Jungen namens Henry wurde.

Luise war fünfzehn, als sie wegging, um anderswo »ein neues Leben anzufangen«, wie sie ihm später schrieb. Sie war in seiner Parallelklasse gewesen und problemlos versetzt worden. Nichts deutete zu dem Zeitpunkt daraufhin, dass sie den scheinbar vorgezeichneten schulischen Weg vorzeitig verlassen würde – und er dem Vater und dessen harter Schule, wie der Alte seine Übergriffe, Schmähungen und Bestrafungen gern verharmlosend nannte, alleine ausgesetzt blieb. Häufig versah er seine gegen sie beide verhängten Strafen mit dem Nachsatz, »denn eine andere Sprache versteht ihr beide ja offenbar nicht!« Luise hatte sich diesen Lektionen für immer entzogen. Ihr plötzliches Verschwinden ohne ein Wort zu ihm hatte Halm damals aus der Fassung gebracht, und er hatte Monate lang im Stillen an etwas gelitten, das das Wort Sehnsucht nicht treffend beschreibt. Doch dann, auf dem Tiefpunkt seiner Vereinsamung und seines Selbstmitleids, war er Marlene begegnet, einer schlanken dunkelhaarigen Handballerin, und hatte das erste Mal mit einem Mädchen geschlafen und darüber seine Schwester sogar eine Zeit lang weniger vermisst.

Irgendwann schrieb Luise ihm schließlich eine erste Karte aus Spanien, aus Andorra, in Form eines Fotos, das sie auf ein Stück hellen Karton geklebt hatte.

Das Foto zeigte sie vor einem von Mandelbäumen flankierten und von dichter Macchia umwucherten, an einen steinigen Hang gebauten Holzhaus. Mit einer dunklen Basecap auf dem Kopf, an dessen Seiten ihr langes Haar strähnig herabhing wie zwei, ein kleines Fenster beidseitig begrenzende Gardinen in dem die Sonne lachte, saß sie auf einer grün gestrichenen Holzbank und präsentierte stolz ihr Baby, das sie im Arm hielt und wie eine Trophäe umschloss. Henry war für sie der sichtbare Beweis ihres geglückten Eintritts in ein neues Leben. Ja, sie hatte unverkennbar neu angefangen, war wie über Nacht zur Mutter und zur Frau geworden.

Das Foto, das Helmut, der Vater ihres Kindes, gemacht hatte, hatte noch Jahre später neben Postkarten, einer kleinen Reproduktion des Gemäldes »Horse and Train« des Malers Alex Colville, vergilbten Zeitungsauschnitten mit irgendwelchen Rezensionen und alten Konzerttickets an der Korkpinnwand gehangen, die Halm über seinem Schreibtisch an der Wand angebracht hatte.

Er steuerte auf eine Reihe an der Carrer del Cardenal Casanas wartender gelbschwarzer Taxis zu und dachte mit der Wucht einer jähen Erkenntnis: »Marlene, natürlich! Es ist Marlene, an die Anne mich erinnert!« Oder war es vielmehr umgekehrt, und Marlene, die ihn nach fünf Jahren kalt abserviert hatte, fand in Anne zu einer neuen Präsenz? Anne eine Art Wiedergängerin von Marlene?

Er nannte dem Fahrer das Ziel im Districte de Grácia, nahm den Fotostreifen aus der Innentasche seines Sakkos und betrachtete ihn andächtig. im schnellen Wechsel von Hell und Dunkel der sich kurz zwischen den breiten Avenidas öffnenden Stichstraßen und Durchlässe.

Luise machte auf den Fotos den Eindruck einer seltsamen Benommenheit. Hatte sie kurz zuvor so, wie sie das damals häufig getan hatte, etwas geraucht? Ihre Augen waren jedenfalls unnatürlich weit geöffnet und erschienen Halm so starr und verschleiert wie die einer

Blinden. An was hatte sie gedacht, als sie die Kabine betrat und es wenig später viermal blitzte? Und weshalb hatte sie den Fotostreifen in der Wohnung an der Placa del Pi zurückgelassen?

Über die Placa de Catalunya und vorbei an der Casa Vicens folgten sie ab Vila de Grácia der langgezogenen Avenida di Vallcara, bis sie vor einem klotzigen, grauen Gebäude mit der Nummer 205 hielten. Auf einem weitläufigen, von einem haushohen und mit Überwachungskameras versehenen Maschendrahtzaun umgebenen Areal parkte ein halbes Dutzend blau-weißer Fahrzeuge, über deren dunkelblaue, nach unten hin von einem signal-gelben Leuchtstreifen begrenzte Türen sich der Schriftzug Guardia Urbana spannte.

Nachdem Halm den Fahrer bezahlt hatte und dem Taxi nachstarrte, das seine Rückfahrt ins Barrio Gotic angetreten hatte, vernahm er das Zirpen des Smartphones in seiner Tasche, das den Eingang einer SMS vermeldete.

Anne!, dachte Halm sofort und zog das Telefon hervor. Doch es war Parminder, die ihm geschrieben hatte: »Viel Kraft und Alles Gute! Wir sind in unseren Gedanken bei dir! Herzlich, Minda.«

Halm kratzte sich das Kinn und dachte: Wir denken an dich? Wer sollte das sein, Wir? Minda und seine beiden anderen wissenschaftlichen Hilfskräfte Benjamin und Andrea? Ja, wahrscheinlich. Und bestimmt waren auch seine Instituts-Kollegen längst darüber im Bilde, was der Anschlag von Barcelona mit ihm zu tun hatte. Das hatte sich am Institut für deutsche Sprache und Literatur I bestimmt in Windeseile herumgesprochen.

Nun war er also nicht mehr bloß jener als sonderbarer Geist verschrieene Kollege, dem man regelmäßig im Insektarium des Kölner Zoos an der Riehler Straße begegnen konnte, wo er sich in dem kleinen gläsernen Schmetterlingsraum dem Taumel der ihn umschwirrenden südamerikanischen Papilio-Arten hingab, sondern obendrein auch noch der bemitleidenswerte Bruder eines Terroranschlagsopfers! Wahrscheinlich würden die Kollegen bei nächster Gelegenheit zusammenlegen, und ihm von dem gesammelten Geld ein Wochenende in einem Wellness-Hotel in der Vulkaneifel spendieren, damit er, wie seine Kollegin Sabine Kantor gerne zu sagen pflegte, wenn sie einfach mal für drei Tage irgendwohin verschwand, mal für 72 Stunden seine Seele baumeln ließ.

Halm beschloss, Minda später zu antworten, stellte das Telefon in den Bereitschaftsmodus zurück und schob es in seine rechte Hosentasche.

Nachdem er an der Anmeldung seinen Namen genannt, sich ausgewiesen und sein Erscheinen telefonisch bei Inspector Aranda hatte ankündigen lassen, saß er nun, von einem bewaffneten Uniformierten dorthin begleitet, in dem Büro des Jéfe de División.

Ihm gegenüber thronte hinter seinem für ihn viel zu großen, und zu beiden Seiten mit zahllosen Schnellheftern beladenen Schreibtisch das Klischee des erkennbar ausgezehrten Kriminalpolizisten, der die Jalousien vor den Fenstern bis auf einen handbreiten Spalt heruntergelassen hatte, um jene heillose Welt da draußen eine Zeit lang nicht sehen zu müssen, die Tag für Tag ein bisschen tiefer in der epidemisch grassierenden Schlechtigkeit versank. Aranda, drahtig und nicht sehr groß, erschien wie jemand, der seinem Gott der Gerechtigkeit ins Auge geblickt und darin wenig Ermutigendes gesehen hatte.

Er hatte die Ärmel seines cremefarbenen Hemdes bis zu den Ellbogen hochgekrempelt, und das von Pomade glänzende, wellig-schwarze Haar des Südländers hatte er sich diagonal über seinen schmalen, kantigen Schädel frisiert. Seine kleinen, wachsamen Augen waren von jenen typischen Ringen gezeichnet, die von zu viel Stress und zu wenig Schlaf kündeten. Und der in Reichweite vor ihm auf dem Schreibtisch stehende Aschenbecher – neben dem eine offene, blauweiße Schachtel Ducados lag – war randvoll mit flüchtig ausgedrückten Kippen. Die vielen Kippen verrieten genau wie die vom Nikotin bräunlich gefärbten Zeige- und Mittelfinger seiner rechten Hand die Sucht eines Mannes, der im Gift Halt und jene kleinen, seine grauen Zellen anregenden Impulse fand, die er benötigte, um zu funktionieren. Sein Englisch war hervorragend.

»Mein Vater wurde 1995 bei einem Anschlag der Eta auf einen Marinebus in Madrid getötet, gemeinsam mit weiteren sechs Kameraden. Zudem wurden siebzehn Männer zum Teil invalid durch die erlittenen Verletzungen. Sie sehen, ich weiß, wie es ist, wenn man einen nahen Menschen verliert«, steuerte Aranda mit seinen Ausführungen über Umwege langsam auf jene Sache zu, deretwegen Halm die gut elfhundert Kilometer von Köln hierher, in dieses nach Rauch, der Bitterkeit abgestandenen Kaffees und Schweiß riechende Büro zurückgelegt hatte.

»Sein Tod war der Grund, weshalb ich Polizist wurde, weil ich dachte, ich müsste etwas gegen den Irrsinn da draußen tun.« Aranda wedelte beiläufig mit seiner linken, stark behaarten Hand in Richtung Fenster. »Inzwischen ist mein Vater seit zwanzig Jahre tot, und das Böse da draußen ist seitdem nicht etwa weniger geworden, sondern hat sich auf unvorstellbare Weise potenziert. Was wir hier tagtäglich tun, ist so etwas Ähnliches wie das, was dieser Sisyphos mit seinem Stein getan hat, nämlich ein sinnloses Ankämpfen gegen eine Welle, die uns früher oder später alle wegspülen wird!«

Aranda betonte das Wort Böse, wie ein Kirchenmann das Wort Anti-Christ ausgesprochen hätte, nämlich mit einem Zug unverkennbaren Ekels um den schmalen Mund.

Seine Anteilnahme zu Beginn ihrer Unterredung hatte aufrichtig gewirkt. Und während er ihm kondolierte, nicht ohne Wärme in der Stimme, hatte Aranda Halm sogar mitfühlend die Hand auf die Schulter gelegt. Doch nun, zurück im Klima der Verachtung für alles und jedes, was ihm seine Arbeit unnötig erschwerte, kam der abgebrühte Polizist zum Vorschein, der keine Zeit für blumige Wendungen hatte.

»Woher wissen Sie, dass es sich bei der Toten um meine Schwester handelt?«, fragte Halm.

»Deswegen!«, antwortete Aranda und streckte ihm einen verschlossenen Klarsichtbeutel hin, in dem sich erkennbar der Fetzen eines Dokuments befand.

»Darf ich?« Halm griff danach.

In dem Beutel befand sich ein stark beschädigter, an den Rändern versengter hellblauer Karton, auf dessen oberem Rand neben einem stilisierten blauweißen Sternsymbol UNIBA. Centro Universitario International Barcelona. La biblioteca geschrieben stand. Darunter waren Teile eines rußgeschwärzten Fotos erkennbar, das die linke Gesichtshälfte seiner Schwester erahnen ließ. Ganz unten unzweideutig ihre Unterschrift: Luise Halm.

»Hier, bitte!«, sagte Halm, und gab Aranda den Beutel zurück.

»Haben Sie ein aktuelles Bild Ihrer Schwester mitgebracht, zum Abgleich?«

»Nein, leider nicht!«, antwortete Halm. Dann fiel ihm aber der Automatenstreifen in seiner Sakkotasche ein.

»Doch, halt, Moment, ich habe …« Er zog umständlich den Papierstreifen hervor, »… das hier! Da muss Luise ungefähr fünfzehn gewesen sein! Aber im Hotel, da habe ich…«

»Zeigen Sie mal!«, sagte Aranda. Halm hielt ihm den Streifen hin.

»Hmm!«, machte Aranda nachdenklich, »immerhin! Besser als nichts! Die anderen, und wie ich annehmen darf, neueren Fotos können Sie mir dann bitte noch zukommen lassen.«

Aranda legte den Fotostreifen vor sich auf die Schreibunterlage, sah ihn an und sagte unvermittelt: »Die Wucht der Detonationen muss derart groß gewesen sein, dass …«, dabei ruderte er mit dem rechten Arm, als dirigiere er ein imaginäres Orchester, »… entschuldigen Sie, dass ich das jetzt so ungeschminkt sage, von ihrer Schwester nichts mehr übrig geblieben ist. Die Heftigkeit hat sie innerhalb von Sekundenbruchteilen in tausend Stücke gerissen.«

Nachdem er einmal tief durchgeatmet hatte, sagte Halm: »Sie meinen, sie wurde…«

»Ja«, sagte Aranda und blickte an ihm vorbei, als schaue er auf einen Monitor hinter ihm, auf dem der Ablauf der Tat noch einmal in Zeitlupe zu sehen war. »Solche Sprengsätze haben eine fürchterliche Wirkung. Und fragen Sie mich bitte nicht, wie es an einem Tatort aussieht, nachdem dort zwei solcher Sprengsätze hochgegangen sind! In der Haut unserer Kriminaltechniker möchte ich nicht stecken!«

Aranda angelte nach den Ducados, zog eine heraus und sah Halm an: »Auch eine?«

Wortlos bediente Halm sich, gab Aranda die Packung zurück und sagte: »Als einzigen Beweis ihrer Identität haben Sie diesen Ausweisfetzen?«

Hier rissen seine Worte ab und er fühlte, wie bei der Vorstellung von Luises zerfetztem Körper eine plötzliche Übelkeit in ihm aufstieg, sich in seinem Magen eine Faust kurz öffnete und krampfhaft wieder schloss. Er legte die Hand über die Augen, den Kopf in den Nacken und schloss die Augen.

»Moment, ich hole Ihnen etwas zu trinken«, sagte Aranda und lief aus dem Zimmer. Halm hielt immer noch die Zigarette in der Hand.

»Hier, bitte«, sagte er keine Minute später, »trinken Sie!«

Halm legte die Zigarette auf seine Seite des Schreibtischs und trank von dem Wasser, das Aranda ihm hingestellt hatte.

»Geht's wieder?«, fragte Aranda und sah ihn besorgt an.

»Ja, danke!«

»Um Ihre Frage zu beantworten!«, sagte Aranda und nahm wieder hinter seinem Schreibtisch Platz. »Ja, unsere Kriminaltechniker konnten darüberhinaus noch gewisse andere Spuren sichern, die in ihre Richtung deuten!«

Halm dachte, ein Bibliotheksausweis als letzter Hinweis auf ein in Stücke gerissenes Leben, und hielt die Hand schützend vor den Mund, als müsse er sich jeden Moment übergeben.

Er atmete ein paar Mal kräftig ein und aus, und dachte: Eigentlich ist Luise schon vor Jahren gestorben, und zwar genau in dem Moment, als sie Deutschland verließ und zu einer nur noch dann und wann erklingenden Telefonstimme wurde, dünn und von fern, und von einem steten Rauschen untermalt, als telefoniere sie aus einer unterseeischen Kapsel mit ihm. Sie hatte damals aufgehört, für ihn physisch zu existieren. Daran konnten auch ihre Mails und ihre am Ende immer spärlicher werdenden Briefe und Karten, die sie ihm schrieb, nichts ändern.

Was blieb, waren Erinnerungen an eine frühere Luise, lange Zeit sorgsam gehütet wie seltene, kostbare Mineralien, die niemand berühren durfte. Doch diese Erinnerungen wurden mit jedem Versuch, sie sich zu vergegenwärtigen, ein bisschen unschärfer, ungefährer und veränderten sich. Bis sie am Ende Erinnerungen an Erinnerungen geworden waren – schlechte Kopien von für immer verlorenen Originalen.

Sie hatten von einem gewissen Zeitpunkt an nicht mehr in derselben Wirklichkeit gelebt. Luise hatte ihr Kind an der Seite eines Mannes groß gezogen, der, was ihren Altersunterschied betraf, leicht ihr Vater hätte sein können. Sie lebten in einem zugigen Holzhaus (Brief-O-Ton Luise) irgendwo in den östlichen Pyrenäen an der Grenze zu Frankreich, ohne Strom und fließendes Wasser (»Wir pumpen es aus einem Brunnen hoch«, Brief-O-Ton Luise), hatten einer Welt, in der es Fernseher, Gasheizung und CD-Player gab, den Rücken gekehrt.

»Du kannst dir nicht vorstellen, wie wir leben!«, hatte Luise ihm in einem ihrer ersten Brief geschrieben, deren Marken die Poststempel eines Ortes namens Pas de la Casa trugen. »Wir essen und verbringen die Abende bei Kerzenlicht, und stehen meist gegen halb sechs Uhr auf, um so lange wie möglich das Tageslicht zu nutzen. Hinterm Haus habe ich uns einen Gemüsegarten angelegt. Helmut hat dem Kleinen ein Bett gebaut, und der schöne, große Holztisch, an dem wir essen, ist auch unter seinen Händen entstanden.

Ich denke oft an dich, und wünschte, du kämst uns einmal besuchen. (Aber warum hatte er von dieser Möglichkeit nie Gebrauch gemacht?) Das Leben hier ist so einfach und klar, wie es das bei euch in hundert Jahren nicht sein wird! Wenn du uns sehen könntest, würdest du dich wundern, aber auch verstehen, was ich meine. Hier fühle und denke ich, wie ich es zuhause nie konnte! Nie. Alles erscheint hier so einfach und richtig. Zuhause war alles irgendwie falsch. Die Fälschung eines nur vorgestellten, im krankhaften Regelwerk des Alten verkümmerten, erstickten Lebens. Hier aber ist es wahr. Und vor allem: gewaltfrei! Alles erscheint in einem anderen Licht, was wohl daran liegt, dass der Alte zuhause alles Licht für sich beansprucht hat. Neben einem Menschen wie ihm erblindet man. Oder man verliert irgendwann den Verstand!«

Wie recht sie damit gehabt hatte! Das meiste war falsch gewesen, unecht, verlogen. Der Vater hatte mit seiner ganzen autoritären Wucht versucht, ihnen seine Weltsicht aufzuprägen – und, wenn es sein musste: einzuprügeln. Seine krankhafte Skepsis, sein immerwährendes Misstrauen allem und jedem gegenüber, seine Verachtung für die von ihm sogenannten Schwachen und Unterprivilegierten und seine häufig unverhohlen zur Schau gestellte Ausländerfeindlichkeit. Luise hatte recht.

Die Mutter hatte, wenn er zu einer seiner berüchtigten Schmähreden ansetzte, augenblicklich das Zimmer verlassen und sich später hinter seinem Rücken mit Worten wie: »Er meint es eigentlich nicht so« bei ihnen für ihn zu entschuldigen versucht.

Die Mutter hatte oft gute Miene zum bösen Spiel gemacht, wie sie das später nannte. Verlassen aber hatte sie ihren Mann nicht. Auch das überließ sie am Ende ihm. Wie das Meiste während ihrer fast dreißigjährigen Ehe.

»Unsere Ermittlungsgruppe hat die Videobänder gesichtet und ausgewertet, auf denen teilweise festgehalten wurde, was gestern morgen geschehen ist«, holte Aranda Halm mit seinen Worten unsanft in die Gegenwart seines dämmrigen Büros zurück. »Und ich möchte Sie nun bitten, sich die Bänder mit mir und einem jüngeren Kollegen anzusehen!«

»Es gibt einen Mitschnitt des Anschlags?«, fragte Halm, angelte sich die vor ihm auf der Schreibtischkante liegende Zigarette und schob sie sich zwischen die Lippen. Darauf war er nicht vorbereitet, auf Video-Bilder, die zeigten, wie seine Schwester starb.

Aranda machte Anstalten, sich aus seinem Sessel zu erheben, um ihm Feuer zu geben, doch Halm winkte ab. »Nein, lassen Sie!«

»Sämtliche Metro-Stationen in unserer Stadt werden rund um die Uhr Video-überwacht!«, antwortete Aranda, erhob sich nun aber doch und sagte: »Kommen Sie!«

Die Bilder

In dem schmalen, fensterlosen Raum standen zwei Büro-Schreibtische nebeneinander vor einer weißen, kahlen Wand. Darauf verteilt waren diverse dunkle Monitore und zahlreiche Videorecorder. Auf dem Boden davor Kabelsalat: zahllose dunkle und helle fingerdicke Schnüre, die sich wie ein Nest verschlungener Nattern auf dem Boden wanden. Zudem verfügte jeder Tisch über eine kleine Schreibtischlampe. Davor standen drei Stühle auf Rollen. Helligkeit verbreitete eine an der nicht sehr hohen Decke angeschraubte, monoton summende Leuchtstoffröhre, ein Ambiente wie in einem trostlosen Überwachungsraum eines Parkhauses. Oder im Vorraum des Todes, in dem man nochmals auf sein gelebtes Leben zurückblickte, ehe es finster wurde und nie mehr hell.

»Ruben Sola ist unser Video-Spezialist! Was er auf den Bändern nicht sieht, sieht niemand!«, sagte Aranda und klopfte seinem Kollegen anerkennend auf die Schulter. Der junge, dunkel gelockte Mann, der eine Nickelbrille, ein blauweiß kariertes Hemd und dunkle Jeans trug, streckte Halm die Hand entgegen und sagte, ebenfalls in perfektem Englisch: »Guten Tag! Mein aufrichtiges Beileid.«

»Sehen Sie sich die Aufnahmen in Ruhe an, und sagen Sie es, wenn Sie glauben, Ihre Schwester darauf zu erkennen, ok?« Aranda sah Halm an. »Dann stoppt Ruben das Band.«

Sie gruppierten die Stühle um den linken der beiden Tische, nahmen Platz und Ruben Sola schaltete einen der Recorder ein.

Vor ihm auf dem Tisch lagen die sichergestellten Bänder der Überwachungskameras vom Tatort: mehr als ein halbes Dutzend jener schwarzen, kantigen Kassetten mit dem transparenten Spulenfenster, die einer Zeit angehörten, in der die Währungen unter Videofans noch VHS, Video 2000 und Video 8 lauteten und kein Mensch sich so etwas wie Youtube, Facebook oder Instagram auch nur vorstellen konnte.

Er selbst hatte viele seiner Lieblingsfilme noch auf solchen Kassetten, irgendwo im Keller. Doch er besaß gar keinen Recorder mehr, auf dem er sie hätte abspielen können. Sie waren unbrauchbar geworden, Müll, wie so vieles andere aus dieser Zeit. Die Vinyl-Platten von Tangerine Dream, Supertramp und Pink Floyd zum Beispiel. Oder die Audio-Cassetten von Maxell und Sony, auf denen er damals für Luise und später Marlene seine ewigen Top-50-Hits aufgenommen hatte.

»Ok?«, sagte Ruben Sola und sah Halm von der Seite fragend an. »Sollen wir?«

»Ja«, antwortete er und nickte.

Aranda schaltete die Schreibtischlampe an und das Deckenlicht aus. Augenblicklich war es, als säßen sie in einer kleinen, freundlich beleuchteten Kapsel, um eine kurze Reise in die dunkle Vergangenheit zu starten.

Ruben Sola drückte einen Knopf auf der dunklen, keilförmigen Fernbedienung, die er in der Hand hielt, und der Recorder setzte sich mit einem mechanischen Rattern und Klicken in Gang. Mit einigen Sekunden Verzögerung bauten sich die ersten Bilder auf dem Monitor auf. Halm rückte mit seinem Stuhl ganz nah an den Tisch heran.

Das Ganze vermittelte den irritierenden Eindruck einer milchigen, bläulich erhellten und ganz leicht flimmernden Unterwasserlandschaft, in der Schatten hin und her huschten. Rechts unten im Bild lief der Time-Code mit, daneben wurde der Aufnahmetag angezeigt.

Halm sah gebannt auf den sich abspulenden Time-Code, kleine, sich hastig vor seinem starrenden Auge verändernde Zahlen wie auf einer elektronischen Stoppuhr, die einen Zeitverlauf dokumentierte, der für immer unter dem Berg sich pausenlos anhäufender Vergangenheit begraben sein würde. Dann versuchte er in dem diffusen Gewimmel all der auf dem Bahnsteig stehenden schemenhaften Gestalten, deren Gesichter wie ausradiert schienen, etwas zu erkennen.

»Die da zum Beispiel!«, rief Ruben Sola, hielt den Film per Knopfdruck an und deutete mit dem rechten Zeigefinger auf eine unscharf erkennbare weibliche Person. »Könnte das Ihre Schwester sein?« Sein Finger wanderte ein Stück weiter nach rechts. »Oder die hier! Was ist mit der?«

»Ich weiß nicht«, antwortete Halm tonlos und fragte sich, wie der junge Videospezialist irgendetwas Eindeutiges zu erkennen vermochte, denn die Bildqualität der Bandaufnahme war miserabel. Das, was da zu sehen war, glich einer Art Schattentheater und war derart verschwommen, dass der Monitor plötzlich etwas von einem Lotto-Tippschein bekam: Man konnte etwas ankreuzen, ob es aber richtig und zielführend war, das wusste allein der Himmel. Oder aber der junge Mann, der da neben ihm saß, verfügte über die Augen eines Adlers, der selbst aus größter Höhe messerscharf die Regungen einer Feldmaus registrierte. Denn, wie bitte schön, sollte man bei dieser Unschärfe und dem ameisenhaften Gewimmel jemanden identifizieren können?

Halm ließ seinen Blick immer wieder ganz langsam über den leicht konvex gewölbten Bildschirm wandern, fasste mal diese, mal jene auf dem U-Bahnsteig stehende Person ins Auge und versuchte, in der jeweils fixierten Gestalt Luise auszumachen. In einer Bewegung, einer Geste, irgendetwas, das sie womöglich verriet.

»Also, ich weiß wirklich nicht«, sagte er genervt und sah Aranda hilfesuchend an. »Das hier ist doch so, als säße man in der Kanzel eines zum Landeanflug ansetzenden Jets und versuchte, durch eine vereiste Frontscheibe eine Landebahn auszumachen!«

»Versuchen Sie es bitte trotzdem!«, sagte Aranda und bedeutete Ruben Sola durch ein Kopfnicken, den Film zurück spulen zu lassen.

Halm schnaufte und lenkte seinen Blick widerwillig zurück auf den blau leuchtenden Monitor. Und dann, nachdem er sich wieder auf das Gewimmel der Schatten eingestellt hatte, sah er sie, einer plötzlichen Erscheinung gleich. Es war, als jage in Millisekunden ein kurzer, heftiger Erkenntnisblitz durch sein Inneres.

Luise oder die Person, die er für seine Schwester hielt, löste sich aus einer kleineren Gruppe heraus und bewegte sich in dem Moment, als die Bahn in die Station einfuhr, auf den Rand des Bahnsteigs zu.

Er hätte augenblicklich Stopp rufen müssen, damit Ruben Sola das Band anhielt. Doch er tat nichts dergleichen, sondern verfolgte weiter gebannt das Geschehen. Luise, denn für ihn war diese Person Luise, trug etwas Dunkles auf dem Rücken, einen Beutel oder einen Rucksack. Und die Art, wie sie dastand, erinnerte in der Tat stark an jene ihm nur allzu vertraute Luise, die ihr Gewicht genau wie die Gestalt da auf der Mattscheibe stets auf das rechte Bein zu verlagern pflegte, wenn sie sich in Wartehaltung befand. Vor einem Fahrkartenschalter zum Beispiel. Oder im Sommer in einer Schlange vor einer Eisdiele. Viele Male hatte Halm dieses Verhalten bei ihr beobachtet.

Natürlich hatten Millionen Menschen die Angewohnheit, beim Warten ihr Gewicht unbewusst auf das rechte, weil wahrscheinlich stärkere Bein zu verlagern. Doch diese Frau da tat zusätzlich etwas, das geradezu typisch war für Luise: Sie beschrieb gleichzeitig mit dem anderen, dem linken Bein, eine kreisförmige Pendelbewegung, indem sie mit dem Fuß ruhelos einen kleinen, immer gleichen Kreis beschrieb.

»Warum machst du das?«, hatte er sie einmal vor langer Zeit gefragt.

»Was meinst du?«, hatte sie geantwortet und ihn überrascht angesehen. Sie hatten damals im Stadionbad am Würstchenstand angestanden, um sich Pommes Frites zu kaufen. Es war Sommer gewesen und Luise hatte mit ihrem linken nackten Bein immerzu eine Art Kreisbewegung vollführt.

»Na, das da! Mit deinem Bein!«

»Wie? Ach so, das!«, hatte sie geantwortet und an sich heruntergeblickt. »Ich vertreibe damit die böse Shahia, die sonst macht, dass ich festwachse, wenn ich zu lange mit beiden Beinen an einer Stelle stehe!«

»Wo hast du denn das her? Das ist doch totaler Blödsinn!«, hatte er ihr geantwortet und sie belustigt angesehen. »Festwachsen? Du spinnst ja?!«

»Das denkst du!«, hatte sie ohne weitere Erklärung geantwortet, ihn kurz von oben herab taxiert und wieder begonnen, mit dem Bein zu pendeln. Und wann immer sie später irgendwo anstanden, wiederholte sie das kleine merkwürdige Schauspiel mit ihrem linken Bein.

»Und? Können Sie etwas erkennen?«, sagte Aranda.

»Ja, das hier!«, sagte Halm und deutete auf die Frau mit dem Rucksack. »Das könnte tatsächlich meine Schwester sein! Die Art, wie sie sich bewegt, erinnert stark an Luise.« Und dann erzählte er ihnen die Geschichte mit Shahia.

»Stopp!«, rief Aranda, »kann man das mal größer machen?«

»Ja, einen Moment«, antwortete Ruben Sola, »doch dann wird das Ganze natürlich noch unschärfer!«

Ruben Sola spulte den Film ein Stück zurück, und zoomte auf die Person mit dem Rucksack. Deren Gesicht kam nun zwar näher und vergrößerte sich wie ein Luftballon, in den noch mehr Luft geblasen wurde. Doch dessen eben noch wenigstens diffus erkennbaren Konturen verwandelten sich dabei endgültig in einen grauen nichtssagenden Fleck.

Für Halm bestand kein Zweifel: Diese Frau da auf dem Bildschirm war Luise, war seine Zwillingsschwester, wenige Augenblicke vor ihrem Tod!

»Macht eine Ausschnittvergrößerung davon, und arbeitet mit Filtern. Vielleicht bringt das was!«, sagte Aranda.

Ruben Sola ließ den Film weiterlaufen, und sie konnten nun sehen, wie die Bahn auf Höhe der Wartenden zum Stehen kam. Dann öffneten sich deren Türen, und, nachdem die Ankommenden ausgestiegen waren, drängten die Wartenden in den Waggon. Unter ihnen Luise.

Nach ein paar Sekunden schlossen sich die Türen, und die Bahn setzte sich wieder in Bewegung. Sekunden später schaltete der Film auf das Innere des Waggons um, man blickte auf ein Meer aus Köpfen, Menschen, die sich aneinander drängten. Und dann, offenbar im Moment der Detonation des Sprengsatzes, ging ein jäher Ruck durchs Bild, die Aufnahme riss ab – und der Bildschirm wurde schwarz.

Leicht vorgebeugt starrte Halm ungläubig auf die dunkle Mattscheibe, als müsste Luise daraus hervorkommen wie aus einem stockfinsteren Tunnel, ihn triumphierend anlachen und sagen: »Shahia wird mich nie bekommen!«

Die Videoanlage hatte keinerlei Geräusche aufgenommen. Trotzdem hatte Halm das irritierende Gefühl, kurz bevor der Film abrisse und der Bildschirm schwarz wurde, Luises Todesschrei nicht gehört, aber gefühlt zu haben. Als kurzen spitzen Stich im Zwerchfell.

»Das war sie, das war Luise!«, sagte er, »ich bin mir ganz sicher! Sie ist die Frau mit dem Rucksack«. Dann richtete er sich ein Stück auf und ließ sich auf seinem Stuhl nach hinten gegen die Lehne sinken. Das alles war der reinste Wahnsinn! Und nichts deutete daraufhin, dass dieser Wahnsinn bald ein Ende haben würde und er zurückkehren konnte zu ... ja, zu was eigentlich? Seinem alten Leben?

In der Erzählung eines Kölner Autors hatte er kürzlich den Satz gelesen: »Kehren Sie in ihr normales Leben zurück!« Doch wie bitte schön, sollte dieses sogenannte normale Leben in Zukunft für ihn aussehen? Und wo wäre ein solches Leben zu finden? Alles um ihn her lag in Trümmern, jedes Einzelteil schmerzhaft herausgebrochen aus einem lange Zeit scheinbar festgefügten, unzerstörbaren Ganzen.

Reglos sah er Ruben Sola dabei zu, wie er die Cassette aus dem Recorder nahm und das Gerät ausschaltete. Nachdem der junge Mann sich von ihm verabschiedet hatte, gingen sie zurück in Arandas Büro.

Aranda steckte sich eine Ducados an, blies den Rauch mit in den Nacken gelegtem Kopf an die Zimmerdecke und sagte: »Ich brauche einen Kaffee! Wollen Sie auch einen?«

»Ja, bitte!«, antwortete Halm und sank in eine kurze Bewusstlosigkeit.

Aranda erhob sich, nahm den Fotostreifen und lief hinaus, wahrscheinlich um eine Fotokopie davon anzufertigen. Er würde in wenigen Minuten wieder zurück sein, mit Kaffee und seinen Fragen, die er ihm stellen würde. Zu Luises Person, ihrem Leben und ihren Gewohnheiten. Wie sie politisch dachte, ob sie religiös war, welches Verhältnis sie zur Gewalt hatte. Was sie von Sekten hielt. Und so weiter und so fort. Das ganze Programm.

Halm dachte an Anne, und stellte sich vor, wie sie irgendwo da draußen herumlief, den Kopf voller Pläne und Ideen davon, wie und wo sie einmal leben würde, und wer sie war und wer sie einmal sein wollte. Das Leben lag vor ihr, sie musste nur zugreifen.

Er war noch nie mit einer so viel jüngeren Frau zusammen gewesen. Aber warum dachte er überhaupt an eine solche Möglichkeit? Und weshalb gerade jetzt?

Seine Frauen waren stets Frauen seines Alters gewesen. Reife, abgeklärte Erscheinungen, die das Träumen anderen überließen. Rebecca zum Beispiel war in ihrer Abgeklärtheit gefangen wie die Schachbretter- und Zitronenfalter, die ihnen einst in den Poller-Wiesen ins Netz gegangenen waren, wenn er gemeinsam mit Luise durch das hochaufgeschossene sommerliche Gras stapfte und sie, die das Netz auch mal haben wollte, nach allem schlug, was ihr vor der Nase herumflatterte.

Anne Forsberg war da ganz anders. Sie ging noch auf die Dinge zu, statt ihnen ängstlich oder bloß noch routiniert auszuweichen, wie Rebecca es inzwischen meist tat. Anne, so schien es ihm jedenfalls, suchte die Herausforderung, strebte ins Licht statt sich in einen Schatten zu flüchten., der sie zwar nicht verbrennen konnte, dafür aber drohte, sie welken und ihre Schönheit verblassen zu lassen.

Doch sie war auch eine Gefahr. Denn was, wenn er auf die verrückte Idee käme, sie festhalten zu wollen? Was dann? Der Weg dahin, zu diesem Wunsch, das fühlte er, war nicht mehr weit.

Aber, nein! Nicht denken!, echote es wieder in seinem Hinterkopf, Wer denkt, ist verloren!

Halm nahm sein Smartphone hervor und aktivierte es, tippte das grüne Nachrichten-Symbol an und schrieb ihr folgende Kurznachricht:

Sehen wir uns nachher? So gegen 18h in meinem Hotel, Hotel Antonius, in der Carrer de Monlau? L.

Keine zwei Minuten später, Aranda kam mit zwei Bechern Kaffee in sein Büro zurück, antwortete sie:

Sehr gern, ich freue mich!

Die Fragen

»Erzählen Sie mir von Ihrer Schwester! Wie war sie? Was für ein Mensch?«, fragte Aranda.

»Stimmt, was in den Zeitungen steht?«, antwortete Halm mit einer Gegenfrage. »Dass der IS für den Anschlag verantwortlich ist?«

»Wenn das Bekennerschreiben echt ist, das bei Radio Catalunya eingegangen ist, aber das prüfen wir derzeit noch, müssen wir davon ausgehen!«

»Aber warum schlagen die hier in Barcelona zu und warum jetzt?«

»Ich weiß, London oder Brüssel wären Ihnen lieber gewesen, mir ehrlich gesagt auch! Aber nun hat es eben wieder uns erwischt. Und nicht aus heiterem Himmel! Denn seit unsere Regierung offiziell verkündet hat, aber das haben Sie doch wohl auch in Deutschland mitbekommen, oder?, sich an Frankreichs Seite im Kampf gegen den IS zu stellen, war es nur eine Frage der Zeit, bis so etwas passieren würde. Dass es aber so schnell gehen würde, damit konnte allerdings niemand rechnen. Wir verfolgen die Aktivitäten des IS gemeinsam mit unseren europäischen Interpol-Kollegen seit Anfang 2000. Seit dem misslungenen Versuch, in Straßburg auf dem Weihnachtsmarkt mit einer Kochtopfbombe ein Blutbad anzurichten, ziehen diese Irren ihre Blutspur quer durch Europa. 2003 Istanbul, 2004 Madrid, London 2005, übrigens ebenfalls ein Anschlag auf die dortige U-Bahn, Sie erinnern sich sicher. Die Stimme des Kalifats, so nennen sie sich auch, plant und propagiert immer neue Aktionen. Und ein Ende ist nicht in Sicht, denken Sie nur an das, was gerade in Paris passiert ist! Der Zulauf des IS gerade unter jungen Leuten ist enorm, leider! Aber zurück zu Ihrer Schwester!«

»Tja, Luise«, sagte Halm halblaut, »was soll ich sagen? Sie hat Deutschland vor vielen Jahren verlassen und eine Zeit lang in Andorra gelebt, irgendwo in den Bergen, wo ihr Sohn zur Welt kam. Henry. Fraglich, ob er überhaupt weiß, was passiert ist. Luise war Goldschmiedin und hat eine kleine Werkstatt hier irgendwo in der Stadt, wo genau weiß ich nicht. Und sie hatte mal einen Laden, ich glaube zusammen mit einer Freundin, einer Spanierin, im Gotischen Viertel in der Nähe des Picasso-Museums, die genaue Adresse habe ich nicht. Aber das ist sicher vier oder fünf Jahre her.«

Halm musste an den Talisman in seiner Tasche denken, den er am Morgen in der Wohnung gefunden hatte: zwei miteinander verbundene Augen, die einen anstarrten oder, anders betrachtet, die Gefahren sahen (oder sehen sollten) die auf einen zukamen, bevor man sie selbst wahrnahm, und einen davor schützen. War das denn nicht der Sinn eines Talismans, eines Hufeisens, einer Hasenpfote oder eines Glückspfennigs, dass er einem Glück brachte und das Böse von einem fernhielt? Ihr selbst hatte er anscheinend kein Glück gebracht.

»Meine Schwester war nie sehr politisch, eher abergläubisch. Sie konnte sich die verrücktesten Dinge ausdenken, jedenfalls als Kind. So wie diese Geschichte mit dieser Shabia. Zuletzt verstand sie sich wohl als Feministin. Aber mir vorzustellen, sie auf einer Demonstration gegen was auch immer mitlaufen zu sehen, fällt mir wirklich schwer. Sie war an einem selbstbestimmten Leben interessiert, das schon, fand Gefallen an schönen Dingen, hatte Sinn für Kunst und liebte die Beatles. Genau wie ich! Und sonst…? Als Kinder haben wir zusammen Schmetterlinge gefangen, mit Chloroform betäubt und mit Stecknadeln aufgespießt, aber das interessiert Sie wohl nicht, nein, sicher nicht.«

»In die Wohnung Ihrer Schwester an der Placa del Pi ist heute Morgen eingebrochen worden«, bemerkte Aranda unvermittelt und nippte an seinem Kaffee. »Haben Sie vielleicht eine Idee, was der oder die Täter bei ihr gesucht haben könnten?«

»Eingebrochen?«, wiederholte Halm und setzte ein ernstes, überraschtes Gesicht auf, »Keine Ahnung, wirklich! Meine Schwester hat

Schmuck hergestellt, zum Teil wohl ziemlich wertvollen. Vielleicht haben sie den dort gesucht?«

»Das glaube ich nicht!«, widersprach Aranda sogleich auf eine Art, die keinen Widerspruch zuließ und vermuten ließ, dass er mehr über die Hintergründe des Einbruchs wusste, als er zu sagen bereit war. Er gab ihm den Streifen mit den Automatenfotos zurück. »Hier, bitte!«

»Sondern?«, fragte Halm, schob den Streifen in seine Innentasche zurück und versuchte die Mimik des Mannes zu lesen, der eben noch einfühlsam sein konnte, aber schon im nächsten Moment mit einer zynischen Bemerkung den routinierten Ermittler aufblitzen ließ.

»Ach nichts, schon gut«, erwiderte er knapp.

»Was heißt schon gut?«, beharrte Halm auf seiner Frage. »Na los, sagen Sie schon!«

»Lassen Sie es mich so sagen: Es gibt da gewisse Ungereimtheiten im Lebenswandel Ihrer Schwester, dunkle Flecken!«

»Ungereimtheiten? Dunkle Flecken?«, wiederholte Halm und spürte eine beißende Wut in ihm aufsteigen. »Luise wurde vor nicht einmal 48 Stunden auf bestialische Weise getötet, und Sie spekulieren hier schamlos über ihr Leben, ohne sie gekannt zu haben! Woher nehmen Sie das Recht? Gehört das zu Ihrer sogenannten Ermittlungsarbeit, Tote zu diffamieren? Also klären Sie mich bitte darüber auf, was genau Sie mit Ungereimtheiten und dunklen Flecken meinen!«

»Meine Frau sagt immer, wer sich zu lange mit Monstern abgibt, der wird irgendwann selber eins! Und an manchen Tagen, wenn ich morgens nach einer langen Nacht, die ich an irgendeinem Tatort verbracht habe, in den Spiegel sehe, habe ich das Gefühl, sie könnte recht haben!«, erläuterte Aranda unbeeindruckt, ohne im Geringsten auf die ihm gestellten Fragen einzugehen, und legte ihm stattdessen ein leeres Blatt Papier und einen Kugelschreiber hin, damit er ihm seine Mobil-Nummer und den Namen seines Hotels aufschrieb. Nachdem Halm seiner Bitte Folge geleistet hatte, erhob sich Aranda. Er hatte offenbar genug gehört und schien mit seinen Gedanken bereits woanders zu sein.

»Gut, dann war's das fürs Erste!«, sagte er und zerdrückte den Pappbecher in seiner Hand. »Ich muss Sie jetzt bitten zu gehen, es ist nichts mehr zu besprechen. Aber halten Sie sich bitte zu unserer Verfügung! Sie hören dann von mir!«

Was hatte dieser Mann für ein Spiel mit ihm gespielt? Guter Cop – böser Cop als Ein-Personen-Stück? Halm schüttelte den Kopf.

Aranda blieb kurz stehen, und zirkelte den Kaffeebecher im hohen Bogen wie selbstverständlich in den kniehohen Abfalleimer, der vor der Glaswand stand, die sein Büro von dem Großraumbüro seiner Divisións-Kollegen trennte.

»Bien hecho!«, rief er grinsend, gab Halm die Hand und setzte sich in Bewegung, um ihn hinaus zu den Aufzügen zu geleiten.

Im letzten Moment wischte Halm die nicht gerauchte Zigarette von der Schreibtischkante und sah zufrieden mit an, wie das weiße Stäbchen lautlos auf den Boden fiel und unter dem Schreibtisch verschwand. Sollte Aranda sich doch bücken und sie aufheben müssen. Die Vorstellung, dass der Mann dafür ächzend und auf allen Vieren unter seinem Schreibtisch herumkroch, gefiel ihm.

Nachdem er sich vom Pförtner ein Taxi hatte rufen lassen, trat er ins Freie und ärgerte sich, dass er die Zigarette nicht doch mitgenommen hatte. Denn nun verspürte er ein heftiges Verlangen danach zu rauchen, das würzige Aroma zu schmecken und das leichte Brennen des Nikotins auf der Zunge zu fühlen.

Das Gespräch hatte ihn ausgelaugt. Dabei war gerademal etwas mehr als eine Stunde vergangen, seit er hier angekommen und in dem kleinen, verglasten Vorraum, dessen Türen sich ausschließlich mit Chipkarten öffnen ließen, darauf gewartet hatte, dass man ihn abholte und zum Jéfe de División brachte.

Halm hielt nach dem Taxi Ausschau, seine Uhr zeigte zwanzig Minuten nach drei. Er hatte Hunger und Durst. Etwas Kleines wäre jetzt gut, dachte er, damit das dumpfe Rumoren im Bauch aufhört und meine erregten Nerven sich beruhigen. Ein Sandwich vielleicht. Er würde sich in der Nähe der Metrostation etwas besorgen. Onze de Setembre!

Diesmal würde er hinunter in den Todesschacht gelangen. Niemand würde ihn daran hindern können. Er legte den Kopf in den Nacken und blickte hinauf in das begrenzungslose Graublau des Mittagshimmels über Barcelona. In großer Höhe kroch ein Flugzeug dahin, blinkte kurz silbrig im Licht der aufreißenden Wolken und tauchte sogleich in den nächsten dichten Wolkennebel ein und verschwand.

Er atmete die beißende bleihaltige Luft der vom unermüdlich an- und abschwellenden Schnarren der Motoren erfüllten Avenida Valcarca ein und musste an Arandas provozierende Frage denken.

Halm kannte Typen wie Aranda aus den französischen Krimis, die er mit fünfundzwanzig mit Vorliebe gesehen hatte: »Der Eiskalte Engel« und »Vier im Roten Kreis« von Melville. Oder »Das Mädchen und der Kommissar« von Claude Sautet, in dem Michel Piccoli ein richtiges Bullenschwein spielt, das für die Erlangung seiner Ziele bis zur inneren Vereisung geht.

Aranda war offenbar ebenso zynisch, selbstherrlich und fest davon überzeugt, dass er alleine darüber entschied, was galt und was nicht. Ein Zombie das gegen andere Zombies kämpfte, und dabei wahrscheinlich nebenher das eine oder andere krumme Geschäft am Laufen hatte. Wie hatte seine Frau doch angeblich gesagt: »Wer sich zu lange mit Monstern einlässt, wird irgendwann selbst eines!« Wie Recht sie damit hatte!

Als einen Gestank, als hätte jemand eine Pizza ausgekotzt und anschließend ein Fläschchen süßliches Parfüm darüber gekippt, hatte Aranda den Geruch des Todes beschrieben. Und auf einmal meinte Halm, vielleicht weil dessen Beschreibungen so aberwitzig gewesen waren und so schrecklich plastisch, tatsächlich etwas Eklig-Süßes zu riechen. Als trete irgendwo in der Nähe ein chemischer Giftstoff aus, um sich rasch in der Luft zu verteilen. Aber woher kam der Gestank?

In seiner Fantasie war ihm, als stünde er unter dem Einfluss chemischer, bewusstseinsverändernder Substanzen, denn er dachte, dass das womöglich der über der Stadt schwebende Geruch all derer sei, die unten in den Waggons gestorben sind. Der Leichengeruch von zweiundachtzig Menschen. Der Gestank ihrer verbrannten Haut, ihrer Haare und Knochen. Der Geruch unschuldiger namenloser Männer, Frauen und Kinder. Luises Geruch?

Und seine Fantasie ging sogar noch einen schrecklichen Schritt weiter, indem er an die rauchenden Schlote der einstigen KZ überall in Europa dachte, die tonnenweise kremiertes, zu Asche gewordene Menschenleben ausgestoßen hatten, und sie anschließend in der näheren Umgebung auf alles und jedes niederregnen ließen. Auf parkende Autos, Bäume, Hausdächer, Laternen, Parkbänke und die von den Kindern bei Einbruch der Dunkelheit auf der Straße oder in den Hinterhöfen achtlos zurückgelassenen Spielsachen: ein Holz-Schaukelpferd zum Beispiel, oder einen aus festem Reisig gemachten Puppenwagen.

Halm fühlte, wie sich bei dieser Vorstellung die Haare an seinen Armen wie unter Strom gesetzt aufzurichten begannen. Und wie das Rumoren in seinen Gedärmen zunahm. Denn auf einmal sah er sich mit ausgebreiteten Armen auf freiem Gelände stehen, mit himmelwärts erhobenem Gesicht, in einem Wirbel aus heller, auf ihn herabregnender Asche. Der Asche der Toten von Sant Andreu, die sich auf seine Schultern legte, auf seine Haare und sich in ihnen verfing, sein Gesicht bedeckte und sich in seine Augen senkte, bis er sie, weil das Brennen darin so unerträglich wurde, zukniff.

Reflexartig hob er die Hand vor den Mund, weil er das Gefühl hatte, sich jeden Moment übergeben zu müssen. Dann sah er das Taxi auf der Gegenfahrbahn herannahen. Doch weil wegen der durchgezogenen Linie und dem dichten Verkehr keine Chance zum Wenden bestand, steuerte dessen Fahrer seinen Wagen bis zur nächsten Ampel und schwenkte auf die Linksabbiegerspur.

Halm schluckte und würgte, um den Brechreiz zu besiegen, versuchte ganz ruhig zu atmen, und sich auf etwas anderes zu konzentrieren.

Endlich hielt das Taxi, Halm stieg ein und ließ sich erschöpft auf den Rücksitz fallen. Er nannte dem Fahrer sein Ziel, schloss mit in den Nacken gelegtem Kopf die Augen und gab sich augenblicklich dem Schaukeln hin, das ihn in eine leichte Bewusstlosigkeit versetzte.

Die Toten von Sant Andreu

Im Rückspiegel traf sich sein Blick kurz mit dem des Fahrers, zwei dunkle Punkte, die in der kleinen, silbrigen Fläche schwammen wie ein Entenpaar auf einem nächtlichen spiegelglatten Teich. Daraufhin lenkte Halm seinen Blick wieder zur Seite, wo der Straßensaum eintönig vorbeiflog.

Er musste das Dunkel, an das er Luise verloren hatte und das ihn seither umgab, durchstoßen, um das Erlebte verstehen zu können. Schon aus diesem Grund musste er hinunter in den Todesschacht, um endlich zu sehen, wo ihr Leben geendet war. Denn wenn er ihn sah, begriff er vielleicht ein kleines bisschen mehr von dem, was dort unten geschehen war.

Seinen Studenten predigte er Semester für Semester mit dem Gleichmut eines Sprachcomputers, beim Schreiben einer Kurzgeschichte darauf zu achten, die Gefühle der Figuren zu zeigen, also sie zu beschreiben statt sie bloß zu benennen, denn erst die gelungene Beschreibung eines so oder so gearteten Gefühls führe dazu, dass es sich dem Leser nachvollziehbar erschließe. Dass er es fühle. Benennen dagegen sei bloßes Plakatieren. Im gekonnten Zeigen und Veranschaulichen aber unterschieden sich die besseren Schriftsteller erkennbar von den weniger guten, die bloß etwas behaupteten.

Wenn er also gleich unten in dem Todesschacht stünde, wünschte er, auf einen besseren Schriftsteller zu treffen, und sich, sofern ihn seine dann hoffentlich nicht flatternden Nerven nicht davon abhielten, ganz von dessen Beschreibungen leiten lassen zu können wie ein polizeilicher Ermittler, der sich vollkommen dem überließ, was der Tatort ihm erzählte, statt vorschnell seine Schlüsse zu ziehen. Denn war der Tod nicht einer der besten Geschichtenerzähler, die es gab, auch wenn seine Domäne Geschichten waren, die nicht gut ausgingen und stets von ihrem Ende her erzählt werden mussten?

Er ließ sich gegenüber der Metrostation absetzen, bezahlte und stieg aus dem Wagen. Schon von Weitem hatte er die Menschenmenge gesehen, die sich, genau wie am Vorabend, vor deren Eingang versammelt hatte, um gemeinsam zu trauern.

Viele hielten in stummem Protest Schilder hoch, auf denen geschrieben stand: Why? oder Soy Barcelona! – Ich bin Barcelona! Und auch die Übertragungswagen der großen Radio-und Fernsehstationen waren noch oder bereits wieder da: TVE, CUATRO und Antenna 3, Radio Catalunya.

Von Westen herkommend fegte ein schneidender Wind über das Viertel. Halm schlug den Kragen seines Mantels hoch, überquerte die Straße, welche die nahe Rambla Onze de Setembre mit der Avenida Virgili verband, und ging auf die Menschenmenge zu.

Er dachte: Wie die Bilder einander doch gleichen. Zuletzt Paris und nun das hier! Menschen in sprachloser Trauer vereint, hoffnungslos Verzweifelte, die Halt und ein wenig Trost in der Anwesenheit der Anderen fanden, deren Blicke ihnen sagten: Du bist nicht allein mit deinem Schmerz! Sieh mich an! Mir geht es so wie dir!

Die Vielzahl der niedergelegten Blumen, Kränze und der hilflos im Wind flackernden Kerzen war beeindruckend. Menschen hielten sich bei den Händen und im Arm. Leises Gemurmel erfüllte den Ort.

Entschlossen durchquerte er die Menge der Trauernden und strebte den in den Schacht führenden Treppen entgegen. Das Flatterband vom Vorabend war verschwunden. Offenbar hatten die Kriminaltechniker der Guardia Urbana ihre Arbeit beendet. Die Toten und Schwerverletzten waren fortgebracht, und die schlimmsten Spuren beseitigt worden, so dass die städtischen Reinigungskräfte an die Arbeit gehen konnten.

Halm tauchte ein in die, wie er später im Hotel auf seinem Smartphone las, im Juni 2010 eröffnete, in einunddreißig Metern unter der Erde gelegene und auf insgesamt drei Ebenen errichtete Station. Augenblicklich schlug ihm die faulig-warme Luft entgegen, die dort unten im Gedärm der Stadt zirkulierte. Der Anschlag hatte sich auf jener Ebene ereignet, deren Züge in Richtung Can Zam und Gorg fuhren. Überall standen bewaffnete Polizisten mit reglosen Gesichtern.

Halm nahm die letzten Stufen und trat auf den hell erleuchteten Bahnsteig. Und dann sah er sie: die schwer beschädigten U-Bahn-Waggons, gesichert durch Absperrbänder und angestrahlt vom grellen Licht diverser Polizei-Scheinwerfer. Davor drängten sich Fotografen und Reporter, die zum Teil schwere Kameras auf den Schultern trugen. Immer wieder flammten Blitzlichter auf, untermalt vom Geräusch auf Hochtouren arbeitender Power-Winder.

Später nannte Aranda ihm den Grund für die merkwürdige Inszenierung: Die Pressestelle der Policia Urbana hatte für die nationalen und internationalen Pressevertreter einen offiziellen Besichtigungstermin des Tatorts anberaumt. Es muss Berichterstattung geben, denn die Öffentlichkeit hat ein Recht darauf zu erfahren, was da unten passiert ist!

Halm arbeitete sich an den Fotografen vorbei nach vorn, an die Bahnsteigkante, um besser sehen zu können. Die schwer beschädigten Waggons, deren Rückwände teilweise herausgesprengt worden waren, hatten etwas von bizarren futuristischen Skulpturen, wirkten insektenartig, wie stählerne Fabelwesen aus einem Science-Fiction-Film.

Die Dachschienen und -bögen der Waggons waren spiralförmig in sich verdreht, Querträger stellenweise vollkommen deformiert, und die vier tragenden und an sich massiven Säulen, welche den Wagen ihre Grundstabilität verliehen, waren an manchen Stellen regelrecht zersplittert oder geschmolzen.

Die zerstörerische Kraft der Explosionen musste gewaltig gewesen sein. Umso weniger ließ sich die Tatsache, dass Luise in einem dieser demolierten Waggons ihr Leben gelassen hatte, begreifen. Da half auch Sehen nichts, das realisierte Halm jetzt. Vor diesem Anblick musste jede Fantasie augenblicklich kapitulieren. Diese Feuersbrunst hatte die ihr ausgesetzten Seelen im Handumdrehen verschlungen. Und mit ihnen sämtliche Vorstellungen davon, wie sich das Ganze abgespielt haben mochte.

Er ließ seinen Blick über die Reporterköpfe gleiten, Männer und Frauen, die dafür bezahlt wurden, dass sie dem Grauen mit den ihnen zur Verfügung stehenden technischen Hilfsmitteln etwas Sensationelles abzugewinnen versuchten. Durch einen geschickten Kameraschwenk, gekonnt gesetztes Licht auf dieses oder jenes empörende Detail oder die Wahl der Belichtungszeit oder des verwendeten Objektivs. Doch der Tod blieb der Tod, wie und aus welcher Perspektive man seine Arbeit auch zu dokumentieren, zu dramatisieren oder gar zu ästhetisieren versuchte. So wie auch die Opfer unschuldige Opfer blieben und nichts und niemand sie wieder zurückzubringen vermochte.

Halm wandte sich ab, und ging im gleißenden Scheinwerferlicht mit schnellen Schritten zurück zu den Rolltreppen, die parallel zu den Steintreppen verliefen. Keine Minute später tauchte er wieder an die Oberfläche des kalten Novembertags, warf einen letzten Blick auf die trauernde Menge und entfernte sich in Richtung der Església Sant Andreu de Palomar, deren Glockenturm sich zwischen den Dächern des Viertels Sant Andreu weithin sichtbar erhob. Vielleicht würde er dort, in der kirchlichen Abgeschlossenheit ihres barocken Gemäuers, für ein paar Minuten jene Stille finden, die er brauchte, um wieder zur Ruhe zu kommen und das Gesehene ein bisschen besser zu ertragen.

Er folgte der langgezogenen Rambla, bog nach etwa zweihundert Metern links ab, bis sie auf die kleinere Carrer del Pare Manyanet stieß. Kurz darauf hatte er die Placa d' Orfila erreicht und ließ seinen Blick hinauf zu der riesigen Rosette wandern, die ihn von dem Rundbogen über der Eingangstür herab anstarrte wie das riesige Auge eines Zyklopen. Dann betrat er die Kirche.

Halm hatte sich schon als Kind gern in Kirchen aufgehalten, und die dort herrschende Atmosphäre begierig aufgesogen. Den würzigen Weihrauchgeruch ebenso wie den der Myrrhe an Weihnachten, wenn sie den Achtzehn-Uhr-Gottesdienst besuchten, ehe die Bescherung folgte. Außerdem mochte er die besonderen farblichen Brechungen des Lichts, wenn es seitlich durch die bunten Fenster in die Kirchenschiffe einfiel und manchmal einen geradezu irisierenden Zauber entfachte.

An jenen aber, der dort zuhause war, hatte er nie geglaubt. Nicht an seine angeblich schützende Macht, die einen begleite, sofern man sich ihm anvertraue. Und auch nicht daran, dass dieser Gott alles sah. Er hatte die wiederkehrenden kleinen Diebstähle, die er und Luise in dem Schreibwarenladen, der auf ihrem Schulweg lag, begangen hatten, ebenso wenig gesehen wie er später Luises Klauereien, wenn sie irgendwo Schmuck mitgehen ließ, sich T-Shirts und Seidenschals in den Umkleidekabinen bei H & M in den Bund ihrer Strumpfhose stopfte, sah. Und wenn doch, so hatten sie ihn einfach nicht interessiert.

Der Gott, von dem alle sprachen, war in Wahrheit ein Meister der Abwesenheit und ein großer, gleichgültiger Schweiger, der stoisch alles geschehen ließ und folgenlos mit ansah, was Menschen tagtäglich so an Irrsinn produzierten. Kriege, Lüge, Mord und Totschlag.

Die Leute, die Luise und all die anderen Unschuldigen in den Tod gerissen hatten, hatten angeblich in Gottes Namen gehandelt. Sie kämpften für die Weltherrschaft des Islamischen Staates und brachten diesem, ihrem Gott immer neue Opfer dar, um die dieser sie nicht gebeten hatte. Also weshalb ließ dieser verdammte Kerl, wenn er denn alles sah, etwas derartig Bestialisches zu?

Wen Gott liebt, den bestraft er besonders! Dieser Satz (hatte der trauernde Vater an der Metrostation ihn nicht gesagt?) hatte ebenso zum Repertoire seiner vor allem zuletzt, im fortgeschrittenen Alter um Kalendersprüche nie verlegenen Mutter gehört wie die Einstein-Sentenz, Raffiniert ist der Herrgott, aber boshaft ist er nicht!, die sie irgendwo mal aufgeschnappt und anschließend bei ihr passend erscheinenden Gelegenheiten zum Besten gegeben hatte.

Wenn sie, die sture Katholikin, so zu reden anfing, hatte Halm sich jedes Mal unter ihren Worten weggeduckt und war aus dem Zimmer gelaufen. Barmherzigkeit? Was für ein Wort? Wie aus Tausendundeiner Nacht!

Er ging ein paar Schritte auf den Chor zu, stieß weiter vor in den halbdunklen, sich langsam öffnenden Raum und registrierte linkerhand im Augenwinkel eine Pietà. Daneben der Treppenaufgang zur Orgel. Rechterhand ein kleiner Seitenaltar und ein steinernes Taufbecken, Beichtstühle, Skulpturen und riesige. dunkle Heiligenbilder.

Das Licht, das hier herrschte, war dämmrig und warm und verlieh allem weichere, fließende Konturen. Er trat in eine der Bankreihen und nahm Platz. Weiter vorne knieten zwei ins Gebet vertiefte Frauen. Ihr leises, stetes Gemurmel hatte etwas Beruhigendes.

Hatte dieser Gott, von dem die Mutter immer gesprochen hatte, Luise am Ende bestraft, gerade weil er sie besonders geliebt hatte? Aber wofür hätte er sie bestrafen sollen? Dafür, dass sie früh auf einem eigenen, familienfernen Leben bestanden hatte? Oder dafür, dass sie eine Zeit lang heftig gekifft, bereits mit fünfzehn Sex gehabt und vor der Ehe und noch dazu mit einem deutlich älteren, verheirateten Mann ein Kind gezeugt hatte?

Nur wer aufgehört hatte, die Welt so zu sehen, wie sie war, nämlich anarchisch und total aus den Fugen, konnte auf solch groteske Erklärungsversuche verfallen. Menschen wie seine Mutter, die inzwischen aufgehört hatte, der Mensch zu sein, der sie einmal gewesen war, und lautlos dahin tauchte im Orbit ihres grassierenden Verfalls.

Er aber war noch nicht so weit! Die Antworten, die er brauchte, um am Ende nicht über dem Zustand seiner Welt zu verzweifeln, musste er woanders suchen. Nicht hier, wo ausschließlich widerspruchsloser Glauben gefragt war!

Halm ließ sich zurück sinken und schloss die Augen. Er legte beide Hände in den Schoß und genoss die Stille, fühlte, wie die mitgebrachten Bilder langsam, stückweise von ihm abzufallen begannen wie welke Blätter von einer herbstlich braunen Kastanie. Ein paar Mal meinte er noch, Schritte zu hören, die näher kamen und kurz darauf hinter ihm verhallten. Dann wurde es still.

In den Abend, in die Nacht

»He, despierta! Aufwachen!«, rief eine dunkle Stimme, »wir schließen jetzt!«

Die Worte erreichten ihn aus großer Entfernung und klangen wie in ein Megaphon gesprochen: heiser und leicht verzerrt.

Im nächsten Moment fühlte Halm eine Hand an seiner Schulter rütteln und riss leicht benommen die Augen auf. Er musste eingeschlafen sein und hatte intensiv geträumt. Geblendet von einem hellen Licht blinzelte er in die aufdringliche Schwärze, unfähig, etwas zu erkennen. Reflexartig hob er die Hand vor die Augen.

Im Traum hatte Halm sich in einem reißenden Strom aus Blut schwimmen gesehen, auf dem abgeschnittene Köpfe trieben, wie aus ihrer Verankerung gerissene Orientierungsbojen für Frachtschiffer. Hohe, immerzu über ihm zusammenschlagende Wellen hatten ihn beharrlich daran gehindert, ans rettende Ufer zu gelangen.

Sein Kampf gegen die reißenden, sich ruhelos vor ihm aufbäumenden Wogen, die ihn hin und her warfen wie die sturmgepeitschte Hispaniola in Stevensons Roman »Die Schatzinsel« und ihn immer wieder in die Tiefe stießen, schien aussichtlos. Sein Tod unweigerlich besiegelt. Doch genau in dem Moment, als er bereit gewesen war, sich geschlagen zu geben und sich wehrlos hinabgleiten zu lassen auf den lichtlosen Grund des blutigen Stroms, wurde er geweckt – und war gerettet. Was blieb, war ein metallischer Geschmack auf der Zunge.

Halm hatte »Die Schatzinsel« als Junge mit der Taschenlampe unter der Bettdecke ganze Nächte hindurch gelesen und Luise am nächsten Morgen auf dem gemeinsamen Schulweg vollkommen übermüdet davon erzählt. Von Jim Hawkins, Squire Trelawney und Kapitän

Smollett und von ihrer Begegnung mit Ben Gunn. Und natürlich von Long John Silver und Flints Schatzkiste, hinter der alle her waren wie der Teufel hinter der armen Seele. Fünfzehn Mann auf des toten Mannes Kiste. Jo-ho-ho! Und ne Buddel voll Rum!

»Oh, ja, natürlich!«, murmelte er verschlafen, rappelte sich geblendet vom Licht auf und drängte an dem Küster, einem leicht gebeugt vor ihm stehenden glatzköpfigen Alten, der noch immer eine eingeschaltete Taschenlampe auf ihn gerichtet hielt, vorbei hinaus auf den Vorplatz.

In der hereingebrochenen Dämmerung hatten sich dessen Begrenzungen aufgelöst, die Fassaden waren ins Dunkel zurückgewichen. Rundum brannten Lichter in den Fenstern. Die Nacht über Barcelona zog herauf, seine zweite in dieser Stadt des Todes.

Halm nahm sein Smartphone hervor und sah, dass es bereits kurz vor sechs war. Anne Forsberg würde jeden Moment in seinem Hotel eintreffen. Er musste ihr gleich eine Kurznachricht schicken, damit sie dort auf ihn wartete. Anschließend würde er sich nach einem Taxi umsehen.

Er schrieb:

Ich werde leider erst in ca. 20 Min im Hotel sein können! Bitte warten Sie auf mich!

Und wieder ließ ihre Antwort keine sechzig Sekunden auf sich warten, sie schrieb:

Okay, kein Problem!

Als er eine halbe Stunde später in seinem Hotel in der Carrer de Monlau eintraf, saß Anne Forsberg an der Bar und nippte an einem Glas Bitter Lemon.

»Guten Abend«, sagte er und legte ihr wie selbstverständlich die Hand auf die Schulter, »tut mir leid, dass Sie warten mussten, aber …«

»Kein Problem, Verspätungen gehören zum Leben in einer Stadt wie dieser dazu«, sagte sie und sah ihn ganz ruhig an.

»Wie man's nimmt!«, antwortete Halm, bat den Barkeeper um ein Bier und dachte: Ich mag ihre Ruhe, mag die ausgleichende Stille in ihrem Blick. Und mit einem Mal schien alle eben noch an ihm zerrende Unruhe verflogen.

Sie trug einen dunkelblauen Jeans-Rock und eine schneeweiße Bluse mit übergroßem Kragen, dessen Spitzen aus dem ebenfalls blauen Pullover hervorragten wie Blätter einer weißen, taufrischen Lilie.

»Mögen Sie Lilien?«, fragte er unvermittelt.

»Zählt man Lilien nicht zu den sogenannten Trauerblumen?«, antwortete sie und zog die Stirn kraus. »Meine Mutter mochte Lilien ganz besonders, vor allem weiße! Daran erinnere ich mich noch. An den Wochenenden stand häufig ein üppiger Strauß weißer Lilien auf dem Wohnzimmertisch. Warum fragen Sie?«

»Der Kragen ihrer Bluse hat mich an eine Lilie erinnert!«

»Ach der, ja!«, sagte sie lächelnd, umfasste die Spitze des linken Kragens mit zwei Fingern und zupfte kurz daran.

Er dachte: Weshalb geht eine junge Frau wie sie nach Barcelona, um ein paar Semester hier zu studieren? Gibt es denn nicht irgendeinen jungen Mann, der sie davon abzubringen versucht? Der sich weigert, sie gehen zu lassen? Seine damalige Freundin hätte ihn niemals nach Wien ziehen lassen, als er zu Beginn ihrer Beziehung einmal von der Idee gesprochen hatte, für ein, zwei Semester dorthin zu gehen.

»Was sagt eigentlich Ihr Freund dazu, dass Sie so ganz alleine nach Barcelona gehen?«, fragte Halm und trank einen Schluck Bier.

Sie nippte an ihrem Bitter Lemon, und er konnte sehen, wie es in ihr arbeitete. Dann vollführte sie mit ihrem Kopf eine Vierteldrehung, sah ihn durchdringend an und sagte: »Es gab jemanden. Sein Name ist Richard, und er lebt inzwischen in Hamburg.«

»Erzählen Sie!«

»Besser nicht!«, sagte sie, und damit schien das Thema für sie erledigt zu sein. »Erzählen Sie mir lieber, wie Ihr Termin bei der Polizei war!«

»Der Inspektor, der die Ermittlungen leitet, ist ein verdammter Zyniker und ein kalter Hund. Sie haben mir die Videomitschnitte der Überwachungskameras aus der Metrostation gezeigt.«

»Und?«

»Die Qualität der Aufnahmen ist miserabel, ein einziges Grau-in-Grau, kaum was zu erkennen. Aber bei einer Person hatte ich das Gefühl, es könnte Luise sein. Die Art wie sie sich bewegte. Ihre Statur. Ein ganz bestimmtes Detail. Ehrlich gesagt bin ich mir sogar ziemlich sicher, dass sie es ist.«

»Ach ja, und weiter?«

»Aranda, so heißt der Typ, hat behauptet, es hätte gewisse Ungereimtheiten im Leben meiner Schwester gegeben. Dunkle Flecken, hat er das genannt. Als ich ihm gesagt habe, er solle bitte konkret sagen, was er damit meine, hat er sich rausgeredet.«

»Was kann er damit meinen?«

»Keine Ahnung!«, antwortete Halm und leerte das Glas auf einen Zug. »Sie werden wahrscheinlich irgend so eine alte Drogensache ausgegraben haben, Luise hat eine Zeit lang ziemlich exzessiv gekifft. Vielleicht ist sie mal mit ein paar Gramm erwischt worden, keine Ahnung!«

Und dann erzählte er ihr von den Presseleuten in der Metrostation. Aber mit jedem Satz, der das Ganze beschreiben sollte, verlor er es ein bisschen mehr aus dem Blick. Und so sagte er schließlich: »Ich hab' Hunger! Essen wir etwas nebenan?«

Sie nickte, leerte ihr Glas, und sie wechselten hinüber in das kleine, hoteleigene Restaurant, das den Namen Antius trug.

Nachdem sie bestellt hatten, lehnte Halm sich auf seinem Stuhl zurück, sah sie an und sagte: »Und? Wie war Ihr Besichtigungstermin am Nachmittag?«

Sie strich sich eine Strähne aus der Stirn. »Enttäuschend!«, antwortete sie. »Nicht die Wohnung, nein, ganz im Gegenteil! Die ist toll. Doch der Vermieter war plötzlich nicht mehr bereit, mir die Wohnung unter zwei Jahren zu vermieten, Minimum vierundzwanzig Monate!«

»Oh, schade!«

»Und ob! Das war die beste Wohnung von allen bisher, mitten im Gotischen Viertel. Großzügig geschnitten, hell, richtig schön und gar nicht mal teuer!«

»Und was nun?«

»Morgen habe ich nochmal zwei Termine, den ersten um halb zehn, den zweiten gegen Mittag. Wenn da nichts Passendes dabei sein sollte, muss ich von Deutschland aus weitersuchen und später nochmal herkommen.«

»Ich hab' Sie überhaupt nicht gefragt, wo Sie wohnen!«, sagte er.

»Im Hotel España, in der Carrer de Sant Pau! Ganz in der Nähe der Wohnung, die ich mir vorhin angesehen habe.«

»Und morgen fliegen Sie zurück.«

»Ja, meine Maschine geht um halb vier.«

Die Vorspeisen wurden serviert, herrlich anzuschauende Kleinigkeiten in gebrannten ockerfarbenen Tonschalen: Gambas in Knoblauch, Hackfleischbällchen in Tomatensoße, schwarze Oliven, Schafskäse, gefüllte Datteln, warme Chorizo-Tomaten am Spieß. Dazu Rotwein.

»Bitte, nehmen Sie!«, sagte er und hielt ihr die Schale mit den Gambas hin.

Der Alkohol floss in ihn hinein wie in einen Flecken vertrockneter, knolliger, staubiger spanischer Hochsommererde, sickerte wie im Handumdrehen darin ein. Er konnte buchstäblich fühlen, wie dessen schöne Schwere auf ihn überzugehen begann. Er hatte den ganzen Tag nichts Richtiges gegessen. Dafür trank er jetzt viel zu schnell. Doch der Hunger, den er beim Erwachen in der Kirche gefühlt hatte, hatte sich verflüchtigt.

»Sie essen ja gar nichts!«, sagte Anne und begann, Oliven, Hackfleischbällchen und ein paar Scheiben Manchego-Käse auf seinen Teller zu häufen. »Sie müssen essen, Sie trinken viel zu schnell!«

Er schob sich demonstrativ eine Scheibe Manchego in den Mund und lächelte.

»Ich mag Sie, Halm«, sagte Anne Forsberg.

»Ich mag Sie auch...« Er nahm wieder einen tiefen Schluck. In der anderen Hand hielt er immer noch die Serviette.

Nach dem Essen fuhren sie wortlos mit dem Aufzug in den sechsten Stock, und Halm verzichtete darauf, im Zimmer das Licht einzuschalten.

Nun standen sie am Fenster und sahen wortlos in die von den ungezählten Lichtern der Stadt schwach erhellte Nacht. Der orangefarbene Widerschein des Nachthimmels, welcher die Myriaden von Stadtlichtern wie leicht abgedimmt durch das große Panoramafenster zu ihnen hereinlenkte, beleuchtete ihr Gesicht schwach.

Halm fühlte, wie der Alkohol in seinem Kopf eine Art Schwungrad in Gang setzte, das alles, wenn er es mit den Augen zu fixieren versuchte, augenblicklich aus seinen Konturen riss und unkontrollierbar in Bewegung setzte.

Ja, sie hatte Recht gehabt, er hatte zu viel und zu schnell getrunken.

»Ich will mich bloß ein bisschen ausruhen« sagte er, berührte im Weggehen kurz ihre Schulter und legte sich aufs Bett.

»Ja, natürlich«. antwortete sie, ohne sich vom Fenster wegzubewegen.

»Danke«, flüsterte er und schloss die Augen.

Luise – reminds again

Luise war im Sommer 1989 gemeinsam mit ihrer besten Freundin Anette und deren Eltern nach Frankreich in Urlaub gefahren. Sie hatte ihm Karten aus La Lacanau und Paris geschrieben und sich, wie es darin hieß, happy gefühlt, von allem sternenweitweg zu sein, Lightyears from Home!, wie sie in Anspielung auf den berühmten Rolling Stones-Song schrieb.

Sie hatte mit ihrer Formulierung auf den Vater abgezielt, die von ihnen damals am meisten gehasste Person. Wann immer es ihnen möglich war, gingen sie ihm aus dem Weg, aßen, wenn möglich, ohne ihn, nahmen am sogenannten Familienleben von einem gewissen Zeitpunkt an nicht mehr teil und verschanzten sich die meiste Zeit bei Kerzenschein und dem strengen Geruch brennender Räucherstäbchen in Luises schwarz gestrichenem Kellerzimmer, weil sie die bessere Stereo-Anlage besaß, auf der sie ihre Platten hörten.

Sie, Luise und er, hatten dem Vater von Anfang an wie Fremde gegenübergestanden. Und alle Versuche der Mutter, zu vermitteln und diesen für eine Familie unwürdigen Zustand zu verändern oder zu beenden, schlugen fehl. Aber wie war das möglich, dass blutsverwandte Menschen, ein Vater und seine beiden Kinder, Zwillinge, einander über alle Wesensähnlichkeiten und sonstige biologische Verbindungen hinaus derart fremd sein konnten, und einander geradezu ablehnend gegenüberstanden?

In einem Moment der Schwäche und der Indiskretion hatte die Mutter ihm gestanden, sie beide, ihn und Luise, gegen den Willen des Vaters bekommen zu haben. Der habe nämlich lange auf einen Schwangerschaftsabbruch gedrängt, doch sie habe auf ihrem Wunsch nach einem Kind bestanden. Dass es dann Zwillinge wurden, hätte die damals ohnehin schwierige Situation zwischen ihnen zusätzlich verschärft. Dann sieh zu, wie du sie groß kriegst!, hätte der Vater ihr wutentbrannt entgegen geschleudert, als festgestanden habe, dass sie Zwillinge erwarte und sich weigerte, sie abzutreiben.

Luise sprach vom Vater am Ende nur noch als dem Schwein. Und Halm widersprach nicht. Obgleich die Mutter noch lange alles daran gesetzt hatte, sie zurück zu ihnen an den Tisch zu holen, trieben sie immer weiter ab. Hier die Eltern – dort er und Luise, dazwischen eine gähnende, unüberwindbare Schlucht. Die Liste ihrer verbalen Auseinandersetzungen war lang, und auch zu Handgreiflichkeiten war es ein paar Mal gekommen, Ohrfeigen zunächst, später auch Tritte.

Einmal, daran erinnerte Halm sich nur höchst ungern, hatte er eine Ohrfeige des Vaters mit einem reflexartig ausgeführten Faustschlag erwidert, der ihn an der Nase traf. Der Vater war kurz ins Taumeln geraten, hatte sich aber im letzten Moment an der Tischkante abfangen und ausbalancieren können, mit blutverschmiertem Gesicht. In diesem Moment, das hatten beide augenblicklich unmissverständlich begriffen, war ihre ohnehin lose Verbindung endgültig gerissen.

Ein andermal war Halm Zeuge einer Auseinandersetzung zwischen Luise und dem Vater geworden, in deren Verlauf er offenbar in Anlehnung an einen Bibelspruch zu ihr gesagt hatte: »Wer wie du seine Eltern dauernd schmäht, der sollte eigentlich alsbald des Todes sterben!«

Der Körper vergaß nicht. Nicht die rüden Tritte gegen das Schienbein. Und auch nicht die Ohrfeigen und Faustschläge des Vaters gegen die Schulter und einmal gegen die Wange. Später hatte Halm einmal gegenüber Rebecca bekannt: »Wenn ich mit sechzehn eine Pistole gehabt hätte, hätte ich das Schwein abgeknallt!«

Später hatte er, da war er bereits ausgezogen und studierte, in Form von Notizen, die er in ein schwarzes Moleskine schrieb, immer wieder Gedanken über den Vater notiert und hatte sogenannte Vater-Bilder gesammelt, um zu verstehen. Darüberhinaus versuchte er irgendwann über das Wenige, das er aus dessen Andeutungen und aus den Erzählungen der Mutter über ihren Mann wusste, mehr über dessen Biographie herauszufinden. Zu diesem Zweck hatte er sich einmal sogar die Mühe gemacht, mit dem Zug nach Frankfurt zu fahren, um sich mit Brigitte, der jüngeren Schwester des Vaters zu unterhalten. Doch auch sie hatte ihm seinen Vater als einen Menschen beschrieben, zu dem sie nie wirklich Zugang gefunden hätte, als einen, der gern auf Kosten anderer Witze machte, für ihr Gefühl zu laut sprach, leicht reizbar war, zur Arroganz neigte und auf Frauen trotzdem Eindruck machte.

Sie hätten beide unter der Parkinsonerkrankung ihres Vaters, Hendrik Halm gelitten, und dessen steten Verfall und sein Abgleiten in die Hilflosigkeit als äußerst entwürdigend erlebt. Darüber habe sich in ihrem Bruder damals eine immer größere Wut auf seinen Vater aufgebaut, weil dieser seinen unweigerlichen Verfall tatenlos mitansehe, zittere und herumliege, statt seinem Dasein ein würdiges Ende zu bereiten. Ja, er hätte damals unverhohlen geäußert, der Vater solle sich am besten eine Kugel in den Kopf schießen, damit er ihn als mutigen Helden betrauern und in Erinnerung behalten könne und nicht als zitterndes Wrack. Es hätte, so Brigitte damals, bloß noch gefehlt, dass er seine gefährlichen Aussagen mit der Musik von Wagner untermalt hätte, den er eine Zeit lang neben dem Jazz sehr bewundert hätte.

Immer wieder, so Brigitte, habe er sie und die Mutter mit seinen verstörend reaktionären Aussagen schockiert. Als sei an ihm ein überzeugter Nazi verloren gegangen. Dabei habe ihr Bruder durchaus liebenswerte Seiten. Er habe sich ihr gegenüber nie etwas zu Schulden kommen lassen, sei korrekt und zuverlässig gewesen, aber auch unnahbar und verschlossen.

In Vielem hatten sich die Einschätzungen seiner Tante mit eigenen, über viele Jahre hinweg gemachten Beobachtungen gedeckt, wirklich Erhellendes aber hatten ihm ihre Beschreibungen nicht gebracht.

Dann war Luise aus den Ferien zurückgekehrt und kurz darauf spurlos verschwunden. Die Eltern hatten sie von der Polizei suchen lassen, und die Mutter hatte in ihrer Verzweiflung Kopien von Fotos von ihr samt Telefonnummer an Laternenpfähle, Litfass-Säulen, Stromkästen und die schwarzen Bretter der Supermärkte geklebt: »Luise gesucht! Wer hat diese junge Frau gesehen? Hinweise erbeten!« – ohne Erfolg. Luise blieb verschwunden.

Wie viele Lightyears war das alles, um es mit Luises damaliger Postkarten-Wendung zu formulieren, inzwischen her? Eine Million? Zwei? Mit Warp-Geschwindigkeit am Firmament seines Lebens verglüht? Genau wie ihr eigenes, viel zu kurzes Dasein in dem zur Todeszelle gewordenen U-Bahn-Waggon?

Halm war nach einem viel zu kurzem Schlaf erwacht, und hatte nicht wieder zurück in die Schwärze gefunden. Neben ihm lag diese junge Frau, die von all dem nichts wusste.

Wovon träumte sie? Von ihrer Mutter, die sie viel zu früh verloren hatte? Oder dem jungen Mann namens Richard, der sie in Richtung Hamburg verlassen hatte, womöglich für eine andere?

Schon in wenigen Tagen konnte in Düsseldorf am Bahnhof, in einer belebten Einkaufsstraße, oder während eines Pop-Konzerts, das sie zufällig besuchte, eine Bombe hochgehen, und ihr noch junges Leben im Handumdrehen zerstören! Und dann würde es in tiefster Betroffenheit allseits heißen: Sie hatte doch noch so viel vor gehabt, das ganze Leben lag noch vor ihr!

Halm fragte sich mit Blick auf den sich im Fensterausschnitt zeigenden Nachthimmel, was man über eine Frau wie Luise sagen konnte, die mit gerademal 41 Jahren bei einem Bombenattentat ums Leben kam? Dass sie etwas ganz Besonderes gewesen war? Und dass sie schön gewesen sei, eigensinnig, großzügig und einfühlsam? Dass sie Geschmack besessen hatte, einen sehr ausgefallenen zugegebenermaßen, lustig sein konnte und die Beatles liebte? Ja. Aber galt das nicht genaugenommen für Millionen von Frauen, und sagte darum nicht wirklich etwas über Luise im Speziellen aus.

Wahrscheinlich würde sie den Kopf schütteln, wenn er anfinge, sie einem Fremden beschreiben zu wollen und sie ihn hören könnte. Denn jene Luise, die vor nicht einmal achtundvierzig Stunden ums Leben gekommen war, hatte er gar nicht mehr gekannt. Sie war zu einer nur noch schwer fassbaren Erscheinung geworden, flüchtig und unscharf in ihren Umrissen, die ihm zuletzt kaum noch Einblicke in ihr Leben gewährte. Daran hatten auch ihre hin und wieder eintreffenden Mails nichts geändert, die sie regelmäßig mit dem immer gleichen Postskriptum Seien wir realistisch, versuchen wir das Unmögliche! von Che Guevara, schloss. Der Hallraum, in den hinein sie das formulierte, war schon nicht mehr der seine gewesen.

Seine Heldinnen und Helden trugen inzwischen Namen wie Raja Siekkinnen oder Lucia Berlin und waren keine marxistischen Revolutionäre, sondern Revolutionärinnen und Revolutionäre der Kurzgeschichte. Denn er hatte sich längst stärker auf die Realität und ihre literarische Erfahrbarkeit eingelassen und an ihr gerieben, als sich weiter im Zitieren flotter Weltveränderer-Sprüche zu ergehen.

So war sie, Luise, es schließlich gewesen, welche die zwar unsichtbare, sich aber über Jahrzehnte hinweg als stabil erweisende Verbindung zwischen ihnen irgendwann einseitig gelöst hatte – und er hatte nichts dagegen unternommen! Warum nicht? War er zu sehr mit den eigenen Dingen beschäftigt? Seiner Universitätskarriere? Der Suche nach der passenden Frau? Dem Traum vom Schreiben und Lehren, und der Literatur? Dem Uni-Betrieb?

Doch was genau hatte sie dazu bewogen, sich von ihm zu lösen, der doch einmal angeblich wie durch eine Nabelschnur mit ihr verbunden und ihr zweites anderes Ich gewesen war, so wie sie seines? Hatte sie alles, was einmal zu ihrem alten Leben gehört hatte, verstoßen, auslöschen müssen, um endlich ein neues beginnen zu können? Unter geänderten Voraussetzungen? Frei von alten Lasten? Luise, die Exorzistin?

Ja, sie war es gewesen, die ihre einst gemachten Versprechen und gegebenen Schwüre gebrochen hatte! Sie hatte den roten Kreis, der sie lange Zeit scheinbar geschlossen umgab, verlassen. Nun war sie tot, und seine Fragen nach dem Warum würden für immer unbeantwortet bleiben. Der Rest waren Trauer, welke Erinnerungen und Leere.

Halm hatte in dem Roman eines Armeniers, der darüberhinaus ein paar ganz passable Kurzgeschichten verfasst hatte, gelesen, man dürfe die Ruhe der Toten unter keinen Umständen stören. Wer ihre Ruhe störe, komme ihnen damit gegen ihren Willen zu nahe und müsse als Folge dafür selbst alsbald mit dem Tod büßen. Zudem riskiere er, dass sie – einmal in ihrer Ruhe gestört – niemals mehr Frieden fänden, und es ihr Schicksal sei, fortan als Halbwesen durch die Sphären zu spuken.

Daran musste er nun denken, während draußen die Dämmerung einsetzte. Die Vorstellung, Luise mit seinen Versuchen, ihr ihre letzten Geheimnisse zu entreißen, in ihrer Ruhe zu stören, und damit auf eine niemals endende Odyssee durch die Zeiten zu schicken, war bizarr. Luise, eine Untote?

Was hatte der Armenier, dessen Name ihm partout nicht mehr einfallen wollte, sich dabei gedacht, eine solche Vorstellung zu äußern? Hatte er sich als Orakel verstanden? Oder als weissagender Mahner? Oder hatte er sich bloß wichtig machen wollen?

Sein Roman, der den Titel »Die Weisheit der Steine« trug, wenn er sich recht erinnerte, und den sein Kollege Winterberg ihm einst nachdrücklich empfohlen hatte, hatte ihn nicht sonderlich beeindruckt; den Passus über die Ruhe der Toten aber hatte er nie vergessen.

Halm warf einen Blick auf die Schlafende, die in der Haltung eines Embryos dalag: die Beine angezogen und die Arme vor der Brust verschlungen. Ihren Pullover hatte sie ausgezogen, ebenso ihre Halbstiefel.

Er strich ihr vorsichtig über die Haare, die sich wie ein Fächer auf seinem Kissen ausgebreitet hatten. Dann erhob er sich und ging leise hinüber ins Bad. Er schob die Tür vorsichtig hinter sich zu, schaltete das Licht an, das von zwei verblendeten Leuchtstoffröhren über den beiden Waschbecken herkam, und trat vor den Spiegel, der sein Abbild mit entlarvender Klarheit zurückwarf. Und während er seinen Blick über seinen dichter gewordenen und bereits da und dort von grauen Fäden durchzogenen Bart und die kleineren Vertiefungen und Erhebungen seines Gesichts wandern ließ, und seinen Blick zuletzt in die grauen, nicht sehr großen Augen seines spiegelgleichen Gegenübers bohrte, dachte er: Hör' verdammt noch mal auf, dich betrogen oder bestohlen zu fühlen, weil sie sie dir weggenommen haben! Und tu' endlich das, wozu du hergekommen bist! Verschaffe ihr einen würdigen Abgang!

Er musste daran denken, wie sie, Luise und er, einmal eine Zeit lang darüber philosophiert hatten, ob es möglich sei, ein Leben ohne Lügen zu führen, ob es den Zufall wirklich gab oder ob vielmehr alles der scheinbar logischen Gesetzmäßigkeit von Ursache und Wirkung folge?

Tagelang hatten sie sich gemeinsam über derlei Fragestellungen auslassen können. Und so dachte er jetzt: Musste sie sterben, weil sie rein zufällig zum falschen Zeitpunkt am falschen Ort war? Genau wie er es dem trauernden Vater des ebenfalls ums Leben gekommenen Angel an der Metrostation zu erklären versucht hatte? Oder war ihr jäher Tod die logische Folge von Ursache und Wirkung, gegen die kein Kraut gewachsen war? Doch ob so oder so: Ihr Tod war das Machwerk einer Mörderbande.

Seit ich zehn war, so hatte Luise ihm in einer ihren letzten Mails aus Barcelona geschrieben, hat meine Kindheit unter einem monströsen Vater jede meiner Entscheidungen unbewusst beeinflusst. Und sie wundere sich noch immer, dass sie darüber nicht zum Tier geworden sei, zur Bestie!

Das alles sei ihr aber erst klar geworden, als sie begonnen habe, damals in Andorra das Gewesene zu beleuchten und selbstkritisch zu hinterfragen. Doch inzwischen verfolge sie einen anderen Weg, bei dem sie sich sicher sei. Denn nur wer ein wirkliches Ziel vor Augen habe, sei auf Dauer ernst zu nehmen. Und sie werde noch beweisen, dass man sie ernst nehmen müsse.

Halm sah wieder in den Spiegel. Dann öffnete er den Kaltwasserhahn und trank übers Becken gebeugt von dem eisig herausschießenden Wasser.

Nur eine kurze Berührung

Was, fragte er sich, käme als nächstes, nachdem die deutsche Bundesregierung ihren europäischen Verbündeten, allen voran Frankreich, Unterstützung im Kampf gegen den IS in Form von Aufklärungsflügen, Logistik und Bundeswehr-Bodentruppen zugesagt hatte? Berlin? Ein Anschlag auf das vollbesetzte Olympia-Stadion während eines Open-Air-Konzerts von Coldplay oder Herbert Grönemeyer? Oder auf die Bankenmetropole Frankfurt? Wahllos in die Menschenmenge feuernde Vermummte vor dem neuen EZB-Gebäude, auf der Zeil, in der Kaiserstraße und an der Hauptwache? Selbstmordattentäterinnen in der überfüllten Abflughalle des Rhein-Main-Flughafens? Ein Anschlag mit dreihundert Toten auf den großen Sendesaal des WDR in Köln während eines Konzerts des Radio-Symphonie-Orchesters? Oder ein Giftgas-Angriff auf die Münchner Allianz-Arena während der Bundesliga-Partie Bayern München gegen Eintracht Frankfurt? Inzwischen war alles vorstellbar. Diese Mörder würden erst aufhören, wenn sämtliche Armeen des Westens vernichtet wären und ihr krankes Denken gesiegt hätte.

Im Zimmer wurden Geräusche laut. Anne kehrte offenbar aus ihren Träumen zurück.

Halm putzte sich die Zähne, wusch sich das Gesicht und trocknete sich flüchtig ab. Zuletzt nahm er den Kamm, hielt ihn kurz unters Wasser, zog den Scheitel nach und verließ nach einem letzten prüfenden Blick in den Spiegel das Bad.

»Komm her!«, sagte sie lächelnd und streckte demonstrativ beide Arme nach ihm aus, als er vor dem Bett stand.

Sie hielt ihn umfangen wie ein Baby, das schlecht geträumt hatte.

»Du wirst mir fehlen, Halm!«, hauchte sie gegen sein linkes Ohr.

»Was genau?«, sagte er.

»Alles!«, sagte sie.

»Alles?«

»Ja!«

»Dann bleib' doch noch einen Tag«, sagte er.

»Das geht nicht! Leider.«

»Warum nicht?«

»Der Uni-Termin, das weißt du doch!«, sagte sie und stand auf. Sie griff nach ihrer cremefarbenen Lederhandtasche und verschwand im Bad. Halm strich mit der Hand über das Kissen, das noch den Abdruck ihres Hinterkopfes erahnen ließ und lauschte mit geschlossenen Augen auf die Geräusche, die aus dem Bad herüber drangen.

Eine Viertelstunde später waren sie bereit, hinunter in den Frühstücksraum zu fahren, seine Uhr zeigte zwanzig Minuten nach acht. Sie liefen zu den Aufzügen. Bis zu ihrem ersten Besichtigungstermin an diesem Morgen blieb ihr noch gut eine Stunde.

Die Fahrstuhltür rollte klappernd auf, und eine junge Hotelangestellte, die einen mit Putz- und Reinigungsutensilien beladenen Drahtgitterwagen hielt, sah sie lächelnd an, setzte sich in Bewegung und lenkte ihren Wagen an ihnen vorbei.

Später fragte Halm sich oft, wie alles gekommen wäre, wenn die Angestellte nicht mit ihrem Wagen gegen Annes Handtasche gestoßen wäre? Deren Riemen hätte sich nicht von ihrer Schulter gelöst und wäre demzufolge auch nicht herabgeglitten. Die Tasche wäre nicht zu Boden gefallen, ihr Verschluss nicht aufgesprungen, und ihr Inhalt hätte sich folglich auch nicht auf den blauen Teppichboden ergossen!

Er wäre dem eingeschlagenen, vom Schicksal vorgezeichneten Weg weiter in der sicheren Annahme gefolgt, dass es keinen anderen für ihn gab. Dass dieser Weg nun sein Weg war, und dass er ihn für Luise gehen musste. Bis er an ihrem offenen Grab stünde und es endlich zu Ende wäre. In seiner Fantasie sah er sich dabei zu, wie er den mattschwarz lackierten Holzkranich, den sie ihm einmal in tagelanger Feil-, Hobel- und Leimarbeit angefertigt und zum Geburtstag geschenkt hatte, in einem Blecheimer verbrannte, dessen Asche sammelte und sie anschließend anstelle ihrer Asche von der Severinsbrücke in den Rhein streute, um sie davon schwimmen zu lassen.

Doch die junge Angestellte hatte den Abstand zwischen ihrem Drahtgitterwagen und Annes Arm falsch bemessen, so dass es Sekunden später zu jener kurzen Berührung kam, die allem eine neue, unerwartete Richtung gab.

»Oh, wie ungeschickt von mir!«, rief die junge Frau schuldbewusst und machte Anstalten, sich zu bücken, um die auf dem Boden verstreuten Gegenstände aufzuheben. »Das tut mir leid!«

»Nein, lassen Sie nur, ich mache das«, erwiderte Halm lächelnd und kniete bereits mit einem Bein auf dem Boden.

Er nahm die Tasche, sammelte die auf dem Boden liegenden Gegenstände ein und legte hinein: das rote BIC-Feuerzeug, die angebrochene Schachtel Marlboro, einen Schlüsselbund, ihren Dior-Lippenstift, eine blau-weiße Zahnbürste und ihr Portemonnaie aus weinrotem, speckigem Leder. Zuletzt nahm er die stark gebräunte, an den Rändern angestoßene und mehrfach eingerissene Fotografie, die ebenfalls zu Boden geglitten war, und betrachtete sie ungläubig.

»Was ist das, wo kommt das her?«, fragte er überrascht und sah zu Anne hoch, bevor er wieder auf die Fotografie starrte.

Die wellige Aufnahme hatte die Größe eines DIN A6-Umschlags und zeigte einen bärtigen, schätzungsweise vierzig Jahre alten Mann, der dem Anschein nach arabischer Herkunft war. Sein langes, dunkles Haar hatte er mit einem schwarzen Stirnband, das die weißen Schriftzeihen des IS trug, zurückgebunden. Er lächelte stolz in die Kamera und entblößte dabei seine schadhaften Zähne. Auf seinen kantigen, sonnengebräunten Zügen lag der Ausdruck kämpferischer Entschlossenheit. Ins Bild ragte der lange ölig glänzende Lauf einer Kalaschnikow, die er demonstrativ vor die Brust hielt. Siegesgewiss, daran ließ sein Gesichtsausdruck keinen Zweifel.

Daneben war eine vollkommen verschleierte Frau zu sehen, auf den ersten flüchtigen Blick eine jener scheinbar typischen Islamistinnen, wie Halm sie von Bildern aus den Internet-Nachrichtenportalen kannte, die er aufmerksam verfolgte, seit der Syrien-Krieg tobte. Ihre Haare waren unter einem über den Kopf gebreiteten und im Nacken verknoteten Tuch verborgen.

Die Frau hätte eine x-beliebige Dschihadistin sein können. Doch der dunkle Gesichtsschleier ließ ihre Augenpartie derart markant hervortreten, dass Halm sie auch unter Hunderten verschleierter Frauen sofort erkannt hätte. Luise! Auf dem Arm hielt sie ein Kind, offenbar ein Mädchen, das sie dem Fotografen stolz zu präsentieren schien.

»Wo hast du das her?«, fragte Halm irritiert, während er sich erhob und Anne das Foto hinhielt.

Sie nahm ihm wortlos ihre Tasche ab.

Bei der Vollverschleierung handelte es sich, wie er später erfuhr, um einen sogenannten Niqab, wie ihn besonders gläubige Musliminnen trugen.

Aber wie um Himmelswillen war Luise zu dieser Verkleidung und auf dieses schockierende Foto gekommen? Seine eigene Zwillingsschwester, Goldschmiedin aus Köln und Beatles-Fan, vollverschleiert an der Seite eines bewaffneten IS-Kämpfers? Mit einem Kind auf dem Arm? Hatte sie dem Fotografen auf Befehl eine x-beliebige kleine ISIS-Hoffnung von morgen präsentiert, um zu demonstrieren, dass auch den Frauen und ihren weiblichen Nachkommen im Kampf um die angestrebte Errichtung eines Weltreichs eine besondere Rolle zukommen würde? Ja, natürlich! So musste es gewesen sein, etwas anderes war auch gar nicht denkbar!

»Anne! Woher hast du dieses Foto?«, wiederholte Halm.

»Aus der Blechbüchse in der Wohnung«, antwortete sie. »Es lag zwischen den Quittungen gemeinsam mit dem Automaten-Fotostreifen, den ich dir gegeben habe.«

»Und wieso hast du es mir nicht gleich gezeigt?«

Die junge Angestellte lächelte bedauernd, und ließ ihren Blick kurz zwischen ihnen hin und her springen. Dann zuckte sie die Achseln, bog mit ihrem Putzwagen um die Ecke und war verschwunden.

»Ich weiß es nicht. Ich wollte es dir gestern Abend geben. Doch als du dann so müde und sichtlich angegriffen im Hotel ankamst, da dachte ich: Nein! Du gibst es ihm morgen!« Sie sah ihn bedauernd und auch ein bisschen schuldbewusst an.

»Warum? Weil du dachtest, die Frau auf dem Foto könnte Luise sein?«

»Ja, was sollte ich denn sonst denken? Es lag schließlich zwischen ihren Sachen. Ich wollte dich nicht noch zusätzlich verunsichern! Ich war einfach unschlüssig, was ich tun sollte, was das Richtige wäre!«

»Und wann wolltest du es mir geben? Unten, beim Frühstück?«

»Ja, auch wenn du es mir vielleicht nicht glaubst«, sagte sie und nickte. »Deswegen hatte ich es gestern eingesteckt! Ich hätte es ja auch einfach vernichten können.«

»Das stimmt«, sagte er, und schob das Foto in die Innentasche seiner Jacke.

Estatua de la Caperucita Roja

»Die Frau auf dem Foto? Ist das denn tatsächlich deine Schwester?«, fragte Anne und nippte an ihrem Kaffee. Bis zu ihrem Termin blieb ihr noch etwas mehr als eine halbe Stunde.

»Das ist sie!«, sagte er und starrte auf das vor ihm auf dem Tisch liegende Bild.

»Aber wie kommt sie in so einen Schleier und auf so ein Foto? Neben einem IS-Kämpfer?«

Er sah sie ratlos an. »Ich weiß es nicht! Keine Ahnung!«

Halm fuhr sich ein paar Mal mit der Hand übers Gesicht. »Wahrscheinlich hat man sie gezwungen, sich so zu kleiden. Oder das Bild ist ein Fake!« Seine Stimme überschlug sich: »Luise ist doch keine IS-Gottes-Kriegerin! Nie im Leben, niemals! Luise hatte nie etwas mit Religion am Hut! Und auch nicht mit Politik! Che Guevara hat sie gemocht, ja, aber nur weil sie fand, dass der toll aussieht! Und eine Zeit lang hat sie behauptet, Feministin zu sein. Aber das war's dann auch!«

Ein bitteres Grinsen zuckte über sein Gesicht.

Er deutete auf den auf dem Foto neben ihr abgebildeten Kämpfer. »Der Typ hier muss sie gezwungen haben. Vielleicht hat er sie erpresst? Oder ihr gedroht, ihre Familie zu töten? Oder ihren Sohn zu entführen? Irgend so was. Die haben sie gewaltsam nach Syrien verschleppt! Ganz sicher! Luise wäre doch nie freiwillig mit diesen Leuten mitgegangen. Es kann nur so gewesen sein, dass sie ihr gedroht haben, sie umzubringen! Was anderes ist vollkommen undenkbar! Luise ist keine IS-Kämpferin! Nie und Nimmer!«

Anne griff nachdenklich wieder nach ihrer Kaffeetasse. »Und was willst du jetzt machen?«

Er sah sie mit großen Augen an. »Was meinst du mit ›machen‹«?

»Na, ja«, begann sie, »willst du das Foto nicht diesem … wie heißt er…?«

»Diesem Aranda zeigen? Meinst du das?«, unterbrach er sie. »Auf keinen Fall! Wenn ich dem das Foto zeige, zählt der in seiner Beschränktheit eins und eins zusammen, und fertig ist das Bild von der Terroristin Luise Halm! Auf so etwas wartet der doch nur! Luise hatte eine kleine Werkstatt, wo genau, weiß ich nicht. Aber die muss ganz in der Nähe von einer Art Rotkäppchen-Statue sein, die sie in einem ihrer Briefe erwähnt hat. Außerdem hat sie mal einen Alten namens Felipe erwähnt, bei dem sie hin und wieder ihre Fotos entwickeln ließ. Der hat einen Fotoladen, La Lente. Vielleicht weiß der etwas und kann mir weiterhelfen? Der Laden soll ganz in der Nähe der Werkstatt sein.«

»Okay«, sagte sie, und trank ihren Kaffee aus. »Ich muss jetzt gehen! Ich könnte nach dem Termin wieder her kommen.«

»Ja, bitte«, sagte er und legte ihr die Hand auf die Schulter. Doch während er dies sagte, wusste er bereits, dass er sie nicht wiedersehen würde, dass ihr kurzer gemeinsamer Weg hier endete. »Ich versuche die Adresse ihrer Werkstatt rauszukriegen! Und diesen Felipe zu finden.«

»Gut«, sagte Anne, »dann gehe ich jetzt!«, und strich ihm aufmunternd über den Kopf. »Das wird sich alles aufklären, du wirst sehen!«

»Na hoffentlich«, sagte er, und blickte ihr hinterher, wie sie den Frühstücksraum verließ und zu dem bereits draußen auf sie wartenden Taxi lief.

Von einem gewissen Moment an hatte zwischen ihnen alles in eine bestimmte Richtung gewiesen. Jene Richtung, in die zwei Menschen gehen, die mehr als nur flüchtig Gefallen aneinander gefunden hatten. Er hatte sich ein bisschen in die junge Frau verliebt, und sie fühlte, wie es aussah, ganz ähnlich. Doch im Verlaufe der letzten Stunden hatte sich ihr Weg wieder gegabelt. Außerdem würde sie in Kürze ins Flugzeug steigen, und er wäre sowieso wieder allein.

Er nahm sein stumm geschaltetes Smartphone hervor und sah, dass sein Posteingang zweiunddreißig neue Mails, und seine Sprachbox elf Nachrichten gespeichert hatte. Insgesamt waren seit dem Vorabend neunzehn unbeantwortete Anrufe eingegangen, darunter Nummern aus Berlin und Hamburg, die sich mehrfach wiederholten.

Er aktivierte die Sprachbox und drückte den Hörer ans Ohr. Der erste Anrufer war ein Klaus Preussler von der Nachrichten-Redaktion der Bildzeitung in Berlin, er bat um Rückruf, es folgten Mitteilungen eines Mannes namens Steubing vom Stern in Hamburg und einer Dame aus München, die Wesseling hieß, und für das Nachrichtenmagazin Focus arbeitete. Wahrscheinlich belagerten die Journalisten bereits seine Wohnung in Köln, befragten Nachbarn, hielten ihre Kameras im Anschlag und lauerten auf sein Erscheinen.

Angewidert löschte Halm sämtliche Mitteilungen, und schaltete das Handy aus. Wie, zum Teufel waren diese Leute an seine Nummer gekommen? Er überlegte kurz. Dann schaltete er das Gerät wieder ein und ging auf die Spiegel Online-Seite.

Gleich die erste Meldung lautete: »Spanien trauert: Terroristen haben in Barcelona einen Anschlag auf die Metro verübt, mindestens 82 Menschen starben bei Explosionen. Unter den Opfern auch eine Deutsche. Staatspräsident Rajoy: ›Spanien befindet sich im Krieg mit dem IS‹. Der Überblick.« Ergänzt war der Bericht durch ein Foto aus dem Todesschacht, das die zerstörten Waggons zeigte. Weiter unten folgte ein zweiter Artikel, der mit den Worten »Spaniens Geheimdienste nach dem Anschlag von Barcelona: Wir haben versagt!« überschrieben war.

Halm scrollte durch die Seiten und überflog die Schlagzeilen der Nachrichten-Portale. Die BILD-Zeitung titelte in riesigen Lettern »DER TERROR-KRIEG GEHT WEITER. Mehr als 80 Tote bei IS-Anschlag auf die Metro in Barcelona. Auch eine Deutsche unter den Toten!« Die Headline der Berliner taz lautete »WIR SIND BARCELONA – IS-Bombenterror in der katalanischen Hauptstadt.« Und die F.A.Z schrieb: »DER TERROR IST NACH SPANIEN ZURÜCKGEKEHRT! Die katalanische Hauptstadt unter Schock. Erneuter IS-Anschlag fordert 82 Todesopfer.«

Er wechselte auf die Google-Startseite und gab die Begriffe Barcelona und Rotkäppchen in das Suchfeld ein. Ohne Treffer. Anschließend tippte er Rotkäppchen-Statue in das Google-Übersetzungsprogramm ein und erhielt als Resultat: la Caperucita Roja. Er änderte seine Eingabe in Caperucita & Barcelona – und hatte Erfolg. Auf dem kleinen Bildschirm erschien die Estatua de la Caperucita Roja. Die Statue befand sich in der Calle Córcega y Roselló de la ciudad am Paseo de Sant Joan.

Er schaltete das Handy aus, trank den letzten Schluck seines erkalteten Kaffees, erhob sich und bat die Angestellte an der Rezeption, ihm ein Taxi zu rufen.

Am Ende würde sich wahrscheinlich alles genau wie Anne es ihm prophezeit hatte, als Spuk offenbaren. Die Fotografie würde sich in Zeiten von Photoshop, in denen man spielend und in Nullkommanichts mit Hilfe ausgeklügelter Bildbearbeitungstricks eine Hundertjährige in eine jugendliche faltenlose Schönheit verwandeln konnte, als Fälschung erweisen, seine Aufregung würde sich nach und nach legen, und das durch das Foto eine Zeit lang verzerrte Bild von Luise wäre, auch wenn es sie nicht wieder lebendig machte, wieder geglättet.

Aranda und seine Sondereinheit würden den Fall abschließen. Man würde Luises Leichnam symbolisch nach Deutschland überführen, und sie fände auf dem Melaten-Friedhof in Köln ihre letzte Ruhestätte. Alles würde sich beruhigen, die Journalisten vor seiner Wohnung abziehen, die Sache aus den Medien verschwinden, und das Leben ginge weiter.

Er würde irgendwann in seinen Alltag zurückkehren, mit dem Fahrrad zur Universität fahren, Seminare abhalten und mit Rebecca neue Kompromisse finden, damit sie keinen endgültigen Schlussstrich ziehen mussten unter ihr längst auseinandergefallenes Konstrukt, das sie immer noch verschleiernd Beziehung nannten.

Aber wollte er das? So weitermachen wie vorher? Ging das, nach allem, was geschehen war?

Einmal die Woche nach Bickendorf ins Rosengärtchen fahren, um seiner Mutter dabei zuzusehen, wie sie immer verrückter wurde, wirres unverständliches Zeug redete und zuletzt animalische Grunzlaute ausstieße, ehe sie, eingesponnen in ihren Wahnsinn, irgendwann in nicht sehr ferner Zukunft starb? Versuchen, Luises unbegreiflichen Tod langsam zu begreifen, ohne darüber den Verstand zu verlieren, und seinen Studenten weiter glaubhaft zu machen versuchen, dass sich in der Literatur alles wiederherstellen, und reparieren ließe, wenn man es nur entschlossen genug darauf anlegte. Auch das Leben einer Toten?

In seinem einstigen Lieblingsfilm »Simple Men«, den er mit achtzehn im Fernsehen gesehen und sich anschließend alles, was von dessen Regisseur Hal Hartley auf Video zu bekommen gewesen war, besorgt und angeschaut hatte, sagt Robert John Burke in seiner Rolle des Gauners Bill zu einem Polizisten den Satz: Es gibt nur Sehnsucht und Schwierigkeiten!

Damals hatte das in Halms Ohren lässig geklungen, cool. Doch jetzt, dreiundzwanzig Jahre später, begriff er plötzlich, wie schrecklich und im Grunde trostlos diese Erkenntnis in Wirklichkeit war. Man hatte Sehnsucht, geriet darüber in Schwierigkeiten und entwickelte neue Sehnsüchte. Bis neue Schwierigkeiten kamen. Und immer so weiter, und man unentwegt auf der Stelle trat wie der Hamster in dem berühmten Rad, ohne auch nur einen Schritt vorwärts zu kommen.

Hatte Luise zuletzt in Schwierigkeiten gesteckt und darüber Sehnsüchte entwickelt, die sie von ihrem alten, eigentlichen Leben wegbrachten? Doch welche Art von Schwierigkeiten mochten das gewesen sein? Schulden? Eine entdeckte Krankheit? Streit mit dem Vater ihres Kindes? Waren Helmut und Henry womöglich noch immer in dem windschiefen Holzhaus in den Pyrenäen? Ohne Strom und fließendes Wasser? Standen bei Tagesanbruch auf, schreinerten Möbel und bewirtschafteten den einst von Luise angelegten Gemüsegarten, dessen Erträge sie auf den Märkten im Umland verkauften? Nein, wahrscheinlich nicht, Henry musste inzwischen MItte zwanzig sein und hatte sicher längst andere Pläne.

War Luise, nachdem sie die Exerzitien ihrer Selbsterforschung und des einfachen selbstbestimmten Leben beendet hatte, vielleicht darum aus Andorra weggegangen, weil sich im Zuge ihrer Analysen der eigenen Vergangenheit auch die Erkenntnis bei ihr eingestellt hatte, dass ein Leben mit einem Mann, der in nicht sehr ferner Zukunft etwas Greisenhaftes bekäme, auf lange Sicht gesehen nicht das Richtige für sie war? Weshalb sonst hatte sie einen Ort verlassen, an dem doch angeblich alles so einfach und richtig und unverfälscht gewesen war, wie sie ganz früher einmal geschrieben haatte? Hatte sie einen anderen Mann kennengelernt, für den sie bereit war, alles aufzugeben, um ihm nach Barcelona zu folgen – und nochmal woanders neu anzufangen wie die Paare in den Westernfilmen? Konnte es so gewesen sein? Hatte sich ihr Traum vom freien zivilisationsfernen Leben am Ende ebenfalls als Fälschung erwiesen? So, wie sich die Aufnahme, die sie verschleiert zeigte am Ende als Fälschung erweisen würde, erweisen musste!

Halm sah aus dem Taxi und dachte an sein kleines, schachtelenges Kölner Arbeitszimmer unterm Dach mit den Buchregalen an den Wänden. Camus, Doctorow, Carver, Plath, Roth, Drieu La Rochelle… Ein Ort, an dem alles seiner verlässlichen Ordnung gehorchte. Ein Platz, der auf ihn wartete. Sein Platz.

Wie oft hatte er spät in der Nacht dort oben an seinem Mac gesessen und, vom Rotwein in eine wehmütige Stimmung versetzt, lange sentimentale Mails an Luise geschrieben, die sie oft erst Tage später und dann zumeist nur mit wenigen Zeilen beantwortete? Letzte Versuche, ein Gespräch mit ihr zu führen, das doch längst zu einem einsamen Monolog geworden war. Ins All geschickte Botschaften…

Der Fahrer zog den Wagen an den Straßenrand und hielt an, sie hatten die Calle Córcega y Roselló de la ciudad erreicht. Halm bezahlte, stieg aus und sah sich um. Schon von Weitem war die Estatua de la Caperucita Roja, schiefergrau im Zentrum einer kleinen Rambla zu erkennen.

Die Bronze-Figur, in deren linker Armbeuge ein Strohkorb hing, trug ein knielanges Kleidchen, hielt sein Haar unter einem dünnen Käppchen verborgen und hatte seine rechte Hand auf den Nacken des ihm zugewandten Wolfs gelegt und lächelte.

Halm stellte sich vor, wie Luise ihren Blick auf der Statue ruhen ließ, wenn sie nach getaner Arbeit oder für eine kurze Pause ans Fenster trat und hinaussah auf die kleine Rambla.

Was hatte sie beim Anblick der lächelnden Bronzefigur gedacht? Hatte sie sich in ihr gespiegelt gesehen? Einem Mädchen, das, wenn es zu seinem Wolf ging, ihm die Hand in den Nacken legte, um ihn zu besänftigen, wenn er knurrte? Wer war am Ende Luises Wolf gewesen? Der Mann auf dem Foto...?

Halm wandte sich um und ließ seinen Blick über die gegenüberliegenden Fassaden gleiten. In welchem der braungestrichenen, mehrstöckigen Häuser befand sich Luises Werkstatt?

Wenn ich aus dem kleinen Fenster meiner Werkstatt gucke, sehe ich die Rotkäppchen-Statue, hatte sie geschrieben. Aber welches kleine Fenster hatte sie gemeint?

Er ließ seinen Blick von Wohnung zu Wohnung springen, von Fenster zu Fenster. Dann lief er hinüber und begann die infrage kommenden Häuser abzuschreiten und deren Klingelbretter zu studieren, hielt aber nach dem sechsten oder siebten Block plötzlich inne, weil er auf der anderen Seite in etwa fünfzig Metern Entfernung den kleinen Fotoladen entdeckte, den Luise in ihrem Brief erwähnt hatte: La L Estatua de la Caperucita Roja ente, die Linse!

Der kleine Laden erwies sich als eine Art Foto-Kiosk, in dem man Kopien machen, Zeitungen, Magazine. Erfrischungen und Zigaretten kaufen und Bilder entwickeln lassen, aber auch kleinere Digital-Kameras von Sony oder Canon und Fotomaterial erwerben konnte, Fuji-Filme, Stative und größere Objektive. Im Schaufenster lagen Sofortbildkameras in unterschiedlicher Retro-Ausführung und Preisklasse, die offenbar wieder in Mode waren.

Er betrat das Geschäft. Hinter dem Tresen kam eine junge, dunkelhaarige Frau hervor, die eine schwarze Adidas-Trainingsjacke mit weißen Streifen anhatte.

»Hola!«, sagte sie und lächelte.

»Guten Tag, ist Felipe zu sprechen?«, sagte er auf Englisch und sah sie erwartungsvoll an.

»Was wollen Sie von ihm?« Über ihren dichten, wie schräg liegende Kommata angeordneten schwarzen Brauen bildete sich eine dünne waagerechte Falte.

»Er kannte meine Schwester, sie war Goldschmiedin und besaß ganz in der Nähe eine kleine Werkstatt. Ich hatte gehofft, Felipe könne mir sagen, wo sich die Werkstatt befindet!«

»Sie meinen Luise?« Sie sah ihn überrascht an.

»Ja!«

»Mein Vater ist vor knapp zwei Jahren gestorben!«, antwortete sie, doch sogleich hellte sich ihre Miene wieder auf: »Jetzt führe ich den Laden weiter.«

»Das tut mir leid«, sagte er und sah seine Hoffnung, etwas über Luises Zeit hier im Viertel zu erfahren, schwinden.

»Sie sind der Bruder von Luise? Aus Deutschland?«

»Ja! Sie kannten sie?«

»Oh, ja«, antwortete sie, zog den Reißverschluss ihrer Jacke ein Stück herunter und umfasste mit zwei Fingern den Anhänger, der ihren Brustansatz zierte: ein goldener Stern, in dessen Mitte ein kleiner, roter Edelstein schimmerte. »Den hat Luise gemacht! Schön, nicht wahr?«

»Sie wissen, dass sie tot ist?«, fragte Halm und ließ seinen Blick kurz auf dem Stern ruhen.

»Was? Luise ist tot? Aber nein, wieso denn?!« Augenblicklich schien alle Farbe aus dem schmalen, ein wenig kantigen Gesicht der jungen Frau zu weichen, und ihre Züge verzerrten sich wie unter Schmerzen.

»Sie kam bei dem Sprengstoff-Anschlag auf die Metrostation in Sagreda ums Leben. Ich bin vor zwei Tagen aus Köln gekommen und versuche heraus zu finden, was passiert ist.«

»Mein Gott, arme Luise!« Sie sprach den Namen geradezu zärtlich aus.

»Sie mochten Sie offenbar?«

»Oh ja, sie war eine ganze Zeit lang so etwas wie eine Freundin für mich! Ich habe sie oft in ihrer Werkstatt besucht, die ist gleich da drüben!« Sie streckte den Arm aus und deutete auf eines der gegenüber liegenden Häuser. »Und zweimal hab ich da übernachtet, einmal als ich Krach mit meinem Vater hatte, und dann nochmal. Möchten Sie vielleicht einen Kaffee?«

»Ja, gern«, antwortete Halm und sah sich in dem Laden um. Die junge Frau verschwand kurz in einem Nebenraum und kehrte mit zwei halbvollen Tassen zurück: »Hier bitte!«

»Wie schrecklich, oh, mein Gott! Diese verdammten Schweine!«, sagte sie aufgebracht, als sie einander auf den beiden Klappstühlen gegenüber saßen, die sie aus dem Nebenraum geholt hatte. »Luise war so eine feine Person! Sie war damals bei meiner Abtreibung dabei und hat mich anschließend zwei Tage lang bei sich wohnen lassen. Ich verdanke ihr wirklich viel!«

Halm taxierte die junge Frau, die allerhöchstens fünfundzwanzig sein mochte. Trotzdem sprach sie ganz selbstverständlich über die Dinge, reif und kontrolliert wie jemand, der bereits eine Vergangenheit hat und sich dessen bewusst ist.

»Sie hat immer ihre Fotos bei uns entwickeln lassen«, sagte sie. »Und Kopien ihrer Entwürfe gemacht. Mein Vater mochte sie, die beiden haben oft lange geredet.«

»Sie muss einen kleinen Laden ganz in der Nähe gehabt haben«, sagte Halm.

»Ja, eine Zeit lang. Irgendwann hatte sie aber wohl das Gefühl, dass er sich nicht lohnte, und nur noch von ihrer Werkstatt aus gearbeitet. Sie hatte wohl zu wenig Laufkundschaft.«

»Wann haben Sie Luise das letzte Mal gesehen?«, fragte Halm.

Die junge Frau nippte kurz an ihrem Kaffee und überlegte. »Das muss auf der Beerdigung meines Vaters gewesen sein, also Ende April 2013, denn die Beerdigung war am 29. Ja, da habe ich sie, glaube ich, das letzte Mal gesehen!«

»Vor so langer Zeit das letzte Mal? Und warum danach nicht mehr? Ich meine, wenn Sie doch befreundet waren, wie Sie sagen, warum haben Sie sich nicht mehr getroffen?«

»Irgendwann fing Luise an, sich zu verändern und hatte kaum noch Zeit.«

»Was meinen Sie mit verändern?«, fragte Halm und umschloss seine Tasse mit beiden Händen.

»Sie wurde einfach anders, verschlossener, wenn Sie verstehen, was ich meine? Sie interessierte sich plötzlich für ganze andere Dinge!«

»Nein, das müssen Sie mir erklären! Ich weiß so vieles nicht von ihr, obwohl wir Zwillingsgeschwister waren. Ich habe zuletzt fast nur noch per Telefon und Mail mit ihr verkehrt.«

»Sie waren Zwillinge, nein, wirklich?« Sie sah ihn überrascht an.

»Ja!«

»Sie sehen ihr überhaupt nicht ähnlich!«

»Wir sind ja auch zweieiige Zwillinge, sonst hätte sie ja auch nicht eine Frau und ich ein Mann sein können. Unser genetisches Material ist nicht dasselbe. Luise war sieben Minuten jünger als ich. Wir sind in Köln geboren und da aufgewachsen. Hat sie Ihnen denn nie erzählt, dass es mich gibt?«

»Nein!«

»Oder dass sie einen Sohn hat, Henry? Und dass sie zusammen in den Pyrenäen gelebt haben? Das muss sie Ihnen doch erzählt haben.«

»Nein, auch davon wusste ich nichts! Sie hat gesagt, dass sie aus Köln komme, ja, und dass ihr Vater, der wohl Architekt gewesen wäre, vor langer Zeit gestorben sei. Sie hat sie nie erwähnt. Und dass sie ein Kind hat, auch nicht! Warum hat sie mir nie davon erzählt? Das verstehe ich nicht!«

»Sie hat gesagt, ihr Vater sei tot?«, fragte Halm.

»Ja, wieso?« Sie sah ihn überrascht an.

Halm antwortete nicht, sondern sagte: »Sie sagten vorhin, Luise hätte kaum noch Zeit gehabt und sich plötzlich für ganz andere Dinge interessiert! Was für Dinge meinen Sie?«

»Als ich sie mal gefragt habe, warum sie nur noch so selten vorbei komme, hat sie gesagt, sie habe angefangen, sich für den Islam zu interessieren und lese viel im Koran. Als ich sie dann ungläubig fragte: Du interessiert dich für den Islam?, antwortete sie nur sehr einsilbig: Das verstehst du nicht, Lydia!, und signalisierte mir, dass sie nicht weiter darüber reden möchte.«

»Sie hat sich für den Islam interessiert und gesagt, sie lese im Koran? Das hat sie wirklich gesagt? Da sind Sie sich ganz sicher?«

Ihm war, als schnüre ihm eine unsichtbare Hand mit einem Strick die Luft ab.

»Na, ja. Das hatte wohl mit dieser jungen Muslimin zu tun, die sie kennengelernt hatte, eine junge Frau, Fida, ja, so hieß sie, glaube ich, mit der sie offenbar viel Zeit verbrachte. Und mit dem Mann, den sie dann übers Internet kennengelernt hat! War wohl ein Syrer oder so?«

»Sie hat einen Syrer übers Internet kennengelernt?«

»Ja, und eines Tages, da hat mein Vater noch gelebt, kam sie zu uns in den Laden und sagte, sie werde eine Zeit lang verreisen, und gab mir die Schlüssel für die Werkstatt. Als ich sie fragte, wohin sie fahre, hat sie geantwortet, »In das Heimatland meines Freundes, er will mir seine Familie vorstellen!«

»Das hat sie gesagt?«, Halm sah sie ungläubig an. »Dass sie nach Syrien fährt?«

»Nicht direkt, nur dass sie seine Familie treffen werde. Aber ja, wahrscheinlich in Syrien. Wohl deswegen war gestern Abend auch die Polizei hier, mit Spürhunden sind die gekommen. Ich denke, weil ihr Freund Syrer ist. Kein Wunder, nach allem, was gerade passiert! Mit dem ganzen IS-Terror. Die haben ihre Werkstatt durchsucht und anschließend versiegelt, wie mir heute früh ein Nachbar erzählt hat! Kommen und brechen ihre Werkstatt auf, verrückt oder?«

»Ja«, murmelte Halm entgeistert, »verrückt!«

Im Sturm

Plötzlich hatte der kleine Laden sich gefüllt. Lydia war aufgesprungen, um ihre Kunden zu bedienen, und Halm taumelte wortlos hinaus auf die Straße, in der Hand den leeren Kaffeebecher.

Er lief vor an die Ecke bis zur Kreuzung und warf den Becher im hohen Bogen achtlos in das Gebüsch eines Vorgartens. Über der Stadt stand eine riesige fahle Sonne am steingrauen Novemberhimmel, ohne ein Fünkchen Wärme zu spenden. Ihr kaltes Licht ließ die schuppigen Stämme der den Paseo säumenden mächtigen Dattelpalmen, die ihre Wedel wie erstarrte Feuerwerksgarben in alle Himmelsrichtungen ausstreckten, silbrig glänzen wie die Haut einer Schlange.

Koran, Islam, Syrien – nach und nach fielen die Teile dieses gespenstischen Puzzles, in das Luise ihr Leben verwandelt hatte, an ihren Platz. Das Bild, das sie nun in Umrissen erahnen ließen, war erschreckend. »Das wird sich alles aufklären, du wirst sehen«, hatte Anne vor weniger als einer Stunde gesagt und dabei zuversichtlich gewirkt. Oder hatte sie da bereits mehr und klarer gesehen als er, und nur versucht, ihn zu beruhigen?

Das Foto hatte bereits all das in sich versammelt, was nun nach und nach ans Licht kam. Doch er hatte es nicht sehen wollen! Und auch jetzt wagte er es noch nicht, das Unausdenkbare zu denken. Aber ließ das, was ihm Felipes Tochter soeben in bester Absicht offenbart hatte, denn überhaupt noch einen anderen Schluss zu als den, dass die Toten von Sant Andreu mit auf Luises Konto gingen? Dass sie eine religiös verblendete, gewissenlose, kaltblütige, verabscheuungswürdige Mörderin geworden war, die am Ende für ihre mehr als fragwürdigen Überzeugungen starb?

Halm registrierte plötzlich das auf Vibrationsalarm umgestellte Surren seines Smartphones in den Tiefen seiner Jackentasche. Er zog das Gerät heraus und starrte auf das leuchtend blaue Display. Offenbar versuchte Aranda ihn in dieser Sekunde zu erreichen. Halm zögerte kurz, dann nahm er das Gespräch entgegen, und hielt das iPhone ans Ohr. »Ja, bitte?«

»Aranda, hier! Ich muss Sie leider bitten, nochmals in mein Büro zu kommen! Passt es Ihnen in einer Stunde?« Der Typ redete diesmal nicht lange um den heißen Brei herum.

»Wenn es unbedingt sein muss«, antwortete Halm.

»Ja, es muss sein!«, erwiderte Aranda unmissverständlich und beendete das Gespräch.

Halm starrte auf sein Smartphone, schaltete es aus und hielt wie jemand, der spürt, dass er sich eine schwere Grippe eingefangen hatte, die ihn jeden Moment zu Boden werfen konnte, mit dem Telefon in der Hand Ausschau nach einem Taxi.

Eine halbe Stunde später saß er Aranda in dessen wegen der heruntergelassenen Jalousien dämmrigem Büro gegenüber und hörte sich aufgebracht sagen: »Wie oft soll ich Ihnen noch sagen, dass ich diese Männer nicht kenne? Keinen von Ihnen!«

Aranda stand neben ihm und deutete auf das nächste auf dem Tisch liegende Foto. »Und was ist mit dem? Das ist Abu Kadhar Liman, ein enger Vertrauter von Abu Bagr-al-Baghdadi, der den IS seit 2010 führt!«

Das Bild zeigte ähnlich wie all die vorangegangenen einen jungen, bärtigen Mann in einem khakifarbenen Tarnanzug, wie Halm sie von den Fernsehbildern in den Nachrichten kannte, die deutsche Bundeswehroffiziere im Feldeinsatz im Irak oder in Afghanistan zeigten: eine braun gesprenkelte Kampf-Montur, die an das ausgebleichte Fell eines Zebras erinnerte. Auf dem Rücken trug der Kämpfer einen Rucksack.

Das zarte, geradezu jungenhafte Gesicht des Kämpfers umrahmte bis auf den fehlenden Schnauzer ein struppiger Seemannsbart. Seinen Kopf bedeckte eine dunkle Mütze. Im Hintergrund erstreckte sich eine diffus erkennbare Wüstenlandschaft. Braunes, knüppelhartes Feld ohne einen Fetzen Grün. Darüber ein unschuldiger, kobaltblauer, wolkenloser Himmel.

»Nein, und nochmals nein!«, rief Halm aufgebracht. »Sie können mir noch Hunderte solcher Fotos zeigen, ich kenne diese Leute nicht! Wann begreifen Sie das endlich?!«

Aranda tat, als hätte er Halms Einwurf nicht gehört, und legte ihm ein weiteres Foto vor: »Und der hier? Abu Silal, er heißt mit bürgerlichem Hussam Khalil, und bildet an der syrisch-irakischen Grenze gemeinsam mit anderen die Todesbrigaden aus, die nach Europa reisen und Attentate verüben!«

Halm hatte sich mittlerweile sicher mehr als ein Dutzend Fotos angesehen. Doch dieses weckte sein Interesse. Denn wenn nicht alles täuschte, zeigte es den IS-Kämpfer, der auf dem Foto zu sehen war, das in seinem Hotelzimmer lag.

»Abu Silal! Kennen Sie ihn?«

»Nein, nein und nochmals nein!«, antwortete Halm mit gespieltem Zorn.

»Dieser Mann war der Ausbilder Ihrer Schwester in Syrien, wenige Kilometer von Rakka, dem Hauptsitz der Daisch entfernt! Und wie Erkenntnisse des britischen Auslandsgeheimdienstes SIS inzwischen zu belegen scheinen, auch ihr Mann, mit dem sie eine kleine Tochter hatte!«

»So, hatte sie?«, antwortete Halm konsterniert. Die Kraft, zu widersprechen, hatte ihn verlassen. »Wenn Sie es sagen, dann wird es wohl so gewesen sein!«

»Ja«, sagte Aranda. »Ihre Schwester hatte, soweit wir wissen, seit Ende 2012 Kontakt zum IS. Anfangs eher lose, über eine sogenannte Kupplerin, mit der sie sich offenbar angefreundet hat. Später direkt über Silal. Wir konnten ihre Reisetätigkeit inzwischen nachvollziehe und können belegen, dass Ihre Schwester mehrfach in Syrien war. Das erste Mal mit dem Flugzeug, später mit dem Bus über Österreich, Serbien und Bulgarien.«

Zu Beginn der Vernehmung hatte Aranda ihm den sichergestellten

Handy-Mitschnitt eines jungen Spaniers vorgelegt, der den Anschlag zwar schwer verletzt, aber wie durch ein Wunder überlebt hatte. Der junge Mann hatte seine Freundin, die bei dem Anschlag starb, gefilmt und zufällig Luise mit aufgenommen, die in den Waggon stürzt und gut verständlich Allah ist groß! ruft. Dann überschlagen sich die Bilder, erfolgt die Detonation mit lautem Getöse und das Gerät schaltet sich ab.

»Silal ist ein Teufel«, sagte Aranda. »So genannte gute Freundinnen führen ihm Frauen zu, die sich in der westlichen Welt verloren fühlen, die resigniert haben, und nicht mehr an die westlichen Werte glauben. Es handelt sich dabei oft um Frauen, die mit dem hiesigen Leben überfordert sind und nach einem starken Führer suchen. Einen Vater und Beschützer! Mit diesen Frauen skypt er dann und verspricht ihnen das Paradies auf Erden, wenn sie zu ihm nach Syrien kommen! Er nimmt sie ernst. Das erleben viele Frauen, die sich in unserer Gesellschaft verloren fühlen, als etwas Besonderes. Dazu sieht Abu Silal auch noch ziemlich gut aus! Wahrscheinlich hat er Ihrer Schwester gefallen!«

Aranda konnte sich ein süffisantes Lächeln nicht verkneifen.

»Wie können Sie so etwas behaupten? Sie kannten meine Schwester doch überhaupt nicht!«, schimpfte Halm. »Und grinsen Sie nicht so!«

»In den meisten uns bekannten Fällen gehen die Frauen aus Liebe nach Syrien. Ein Kollege hat das mal Dschihad-Romantik genannt. Gut, was? Und wenn sie dann schwanger werden, glauben sie, das Kind in göttlichem Auftrag auszutragen. Sie glauben gar nicht, wie naiv Frauen sein können!«

»Reden Sie nur! Ich höre Ihnen nicht mehr zu!«, sagte Halm und vergrub das Gesicht in seinen Händen.

»Wir haben gestern Abend Sprengstoff in der Werkstatt Ihrer Schwester gefunden, außerdem Propaganda-Material des IS. Was sagen Sie dazu?«, konterte Aranda ungerührt.

Halm war erschöpft, das alles überstieg längst seine Vorstellungskraft. »Kann ich gehen?«, fragte er, statt auf die ihm gestellte Frage zu antworten, und sah Aranda fragend an.

»Ach, von mir aus! Na los, hauen Sie schon ab«, sagte der Polizist, der offenbar ebenfalls genug hatte, ging um den Schreibtisch herum und setzte sich auf seinen Stuhl. »Aber Sie halten sich weiter zu unserer Verfügung!« Das Wörtchen bitte hielt er offenbar nicht mehr für nötig.

Halm erhob sich und lief wortlos aus dem Raum in Richtung der Aufzüge.

Wissen ist Schmerz, dachte er plötzlich, als die Kabine sich ruckelnd in Bewegung setzte. Es schneidet ins Fleisch und geht im schlimmsten Fall noch tiefer. Dringt in Räume vor, die man besser nicht betreten sollte, nistet sich darin ein, bindet Gewebe, lähmt es und lässt es schwären und faulen, bis es abstirbt und auf das nächstgelegene Organ überspringt. Und immer so weiter. Bis der gesamte Organismus kollabiert.

Halm hatte sekundenlang das Gefühl, hinab zu stürzen in eine bodenlose Schwärze, eingeschlossen in die Kabine wie in eine Zeitkapsel, die ihn nie mehr freigeben würde. Er fühlte sich, als sei er über Tage hinweg durch eine endlose Steppe geirrt, die Kehle ausgetrocknet und das Hirn leer und geschwollen wie nach einem Sturz auf einen spitzen Stein.

War die Frage, weshalb Luise zur Terroristin wurde, tatsächlich bereits damit zu beantworten, dass sie, wie Aranda es genannt hatte, einen Vater gesucht hatte, einen Beschützer und Lenker, der ihr das Gefühl gab, wertvoll und für etwas Höheres bestimmt zu sein?

In den auf Youtube geposteten Botschaften des IS konnte man sehen, wie diese Barbaren Unschuldigen bei lebendigem Leib die Köpfe abschnitten. Und in Paris hatten diese Leute im Zuge einer von ihnen veranstalteten und so noch nie da gewesenen Treibjagd wahllos auf Unschuldige geschossen, sprengten Frauen sich inmitten zahlloser Unschuldiger für eine Sache in die Luft, die zum Himmel stank! Sie alle schossen, exekutierten und bombten sich und all jene, die das Entscheidende anders sahen, kurzentschlossen ins Mittelalter zurück.

Hatte Luise ernsthaft geglaubt, auf dem angeblich einzig richtigen

Weg zu sein, geführt von diesem Silal, den Aranda einen Teufel genannt hatte?

Wie viele Häutungen hatte sie durchlaufen, bis sie nicht mehr sie selbst war, sondern die Andere, die Fremde, die nur noch äußerlich an jene Luise Halm erinnerte, die einmal seine Zwillingsschwester gewesen war? Fünf, wie die Raupe des Monarchfalters, ehe sie zum Falter geworden in das Tal des Todes aufbrach? Oder mehr?

Was hatten sie mit ihr angestellt, dass sie am Ende sogar fähig gewesen war, zu töten? Welche Art von Drogen hatten sie ihr verabreicht und damit ihr altes Ich für immer ausgelöscht? Hatte man sie gefoltert und einer Gehirnwäsche unterzogen, in deren Verlauf sie abgestumpft und zu einer Tötungsmaschine geworden war?

Doch wie ging das? Wie radierte man in einem Menschen all das aus, was einmal sein Wesen ausgemacht hatte? Seine eigenen, besonderen Haltungen, seine moralischen Werte, seine gesamte Prägung? Ja, sogar seine natürliche Angst vor dem Tod?

Ganz einfach: Indem man sein Blut mit dem des einstigen Feindes mischte! Luise hatte sich mit dem Blut des Syrers gemischt, hatte ihm eine Tochter geboren und ihre Wurzeln endgültig gekappt.

Aber wie war so etwas möglich? Allein aus Liebe? Weil ihre Gene einmal kurz verrückt spielten? Die Umformung, die Transformation eines begabten, feinfühligen, empathischen Menschen in eine fühllose, ferngesteuerte Killerin?

So etwas kannte er bislang nur aus den Spionage-Thrillern von Frederick Forsyth und John le Carré. Doch plötzlich war das alles gespenstisch real! Und er selbst mittendrin.

Aber vielleicht hatten sie Luise hypnotisiert, um sie dazu zu befähigen, das zu tun, was sie tat? Was hatte man ihr versprochen, das verlockender sein konnte als das Leben? Ewiges Leben? Einen Zustand ohnegleichen? Das Elysium?

Wegen der Enge im Bauch der Mutter war ihrer beider Plazenta zu einer verwachsen, so dass diese anschließend bei der Geburt wie eine einzige erschien, ganz zum Erstaunen der Hebamme, die sie damals mit auf die Welt gebracht hatte! Und später, als Kinder, hatten sie, wenn sie einander ansahen, augenblicklich gewusst, was der oder die Andere dachte, so als verfügten sie über telepathische Fähigkeiten.

Also, wie konnten ihre Wege sich vor diesem Hintergrund derart voneinander entfernen? Und weshalb hatte er nicht das Geringste von dem mitbekommen, was mit Luise vor sich ging? Was war aus seiner telepathischen Fähigkeit geworden? Und weshalb hatte er so offensichtlich am Entscheidenden in ihren Briefen vorbei gelesen, wenn sie ihm schrieb?

Er fragte sich, was wohl der Vater sagen würde, wenn er erfuhr, dass seine Tochter für den Anschlag in Barcelona mit verantwortlich war, dessen Bilder um die Welt gingen, und ihn garantiert auch in Bangkok erreicht hatten? Luise eine Gotteskriegerin, eine Dschihadistin? Konvertiert zum Islam aus Liebe zu einem religiösen Fanatiker und Killer! Ob er sich wohl fragte, wie es dazu kommen konnte, dass Luise eine solche Veränderung durchmachte? Und sah er, welchen Anteil er daran hatte? Nein, wahrscheinlich würde er sich stattdessen selbstgerecht sagen: Eine Terroristin war sie doch schon immer!

Diese Schweine sollte man aufhängen, das sind alles Verbrecher, Mörderbande, verfluchte! Niederbrennen sollte man dieses verdammte Syrien! Und den ganzen Islam gleich dazu!, hatte der Taxifahrer, in dessen Wagen er bei seiner Ankunft am Flughafen El Prat gestiegen war, ungeniert geäußert.

Ja, vielleicht war das die richtige Antwort. Er wusste nicht mehr, was richtig war und was falsch.

Der Mensch war, das hatte man ihnen jedenfalls in der Schule beigebracht, seinem Wesen und seinem Ursprung nach einmalig, und sein Leben schützenswert, das höchste Gut. Ganz gleich, welcher Hautfarbe oder Religion er angehörte.

Luise war das am Ende offenbar gleichgültig gewesen. Sie hatte ihre Ideen wahrscheinlich längst für größer und mächtiger gehalten als diesen Gedanken. Für überlebensfähiger. Der Einzelne zählte nichts vor dem Hintergrund der großen übergeordneten Idee. Und die Sprache, in der sie diese sogenannte Idee artikulierte, war dementsprechend eindeutig. Ihr Leben war zum Roman einer Frau geworden die ihrem Wahn erlag. Und ihrer übersteigerten Sehnsucht danach, endlich etwas Besonderes zu sein. Dafür gemocht zu werden. Aber vielleicht waren Wahn und Sehnsucht ja am Ende manchmal ein und dasselbe.

Er öffnete die Augen, weil er plötzlich bemerkte, dass der Aufzug zum Stehen gekommen war und dessen Türen weit offenstanden.

In die Nacht

Er stand auf der Straße und sah, dass seine Hände zitterten. Wie von selbst hatten sie sich zu Fäusten geformt. Er setzte sich in Bewegung. Zunächst gemächlich und kontrolliert, steigerte er langsam das Tempo. Aus einem großen Schritt wurden zwei kleinere, und die Frequenz seiner Schritte erhöhte sich stetig.

Er hätte nicht sagen können, wie lange er bereits durch die Gegend gelaufen war, über breite Straßen hinweg, vorbei an von Stacheldrahtzaun umgebenen Parkplätzen mit Autos, deren Dächer das Tageslicht in Form winziger Blitze zurückwarfen, weiter an wie ins Nichts führenden Durchlässen und an Schaufenstern entlang, die sein Spiegelbild als flüchtige Schlieren zurückwarfen.

Irgendwann stand er keuchend und durchgeschwitzt vor einer Tankstelle, und rang nach Luft. Sein Puls hämmerte in den Ohren. Er legte den Kopf in den Nacken und starrte hinauf in das fahle geschlossene Grau.

Die beiden Männer, die aus dem Kassenhäuschen kamen, waren Schemen, glitten durch die künstliche Helligkeit der grellen Beleuchtung der Zapfsäulen-Überdachung, gewannen kurz Kontur, und wurden wieder zu Schemen.

Halm verharrte reglos. Die Distanz zwischen ihnen wurde schnell kleiner. Fünf Meter, vier, drei. Am Ende trennte sie nur noch eine Armlänge. Und plötzlich schien alles möglich.

Er machte einen jähen Ausfallschritt wie ein Fechter auf der Planche, einen Fleche, schnell und überraschend, riss die rechte Faust ruckartig in die Höhe und stieß sie dem kleineren der beiden Männer mitten ins Gesicht. Seine linke Faust folgte nach, traf aber sogleich auf den Widerstand parierender Hände. Schreie wurden laut, wildes Gerangel. Er bot den auf ihn zufliegenden Fäusten schutzlos und demütig sein Gesicht dar, hungernd nach einem Schmerz, der das quälende Pochen in seinen Schläfen beendete.

»Ja, ja, fester, na los, weiter, weiter!«, keuchte er, »ja, oh ja, nur zu!«, und empfing die Schläge und Tritte, die ihn kurz darauf zu Boden warfen, mit einem sich steigernden Gelächter, das in ein Grölen überging, und schließlich in einem heiseren Bellen erstarb.

»Hijo de puta, Verdammter Hurensohn! Muerte Gillipolas! Verrecke, du Arschloch!«, rief der Kleinere der beiden Männer, und versetzte ihm einen letzten kräftigen Tritt in den Rücken, dann zogen sie ab.

Halm lag auf dem Boden und starrte hinauf in das Grau, fühlte den Geschmack von Blut auf der Zunge, und musste daran denken, dass die meisten der im Moment unsichtbaren Sterne da oben bereits vor langer Zeit erloschen waren, ihr Licht aber noch immer unterwegs war zu ihm, durch die endlose Weite des Universums hindurch.

Er schreckte kurz auf, weil er meinte, das Geräusch eines herannahenden Wagens zu hören. Langsam richtete er sich auf, kam auf die Beine, sammelte das Blut im Mund zu einem Klumpen und spuckte ihn aus.

Seine Jacke war mit Blut bespritzt, der rechte Ärmel am Ellbogen zerrissen. Er war am Kinn getroffen worden. An der Wange. Und auch über dem linken Auge, das bereits zuschwoll. Doch der Druck in den Schläfen war weg.

Von dem Tankwart in dem Kassenhäuschen, der ihn wortlos ansah, ließ er sich den Schlüssel für die außen an dem Gebäude angebrachte Toilette geben. Er schloss die Tür auf und machte Licht. Dann betrachtete er sich in dem kleinen, an den Rändern mit grauen Flecken übersäten Spiegel.

Er drehte den Hahn auf und hielt seine verschmierten Hände unter das rostbraune Wasser, fuhr sich ein paar Mal mit den nassen Händen flüchtig über das Gesicht.

Zuletzt riss er eine Handvoll Papiertücher aus dem seitlich über dem Becken angebrachten Spender, vergrub sein schmerzendes Gesicht darin und weinte. Endlich.

Nach dem Sturm ist vor dem Sturm

Lennart Halm stand mit dick geschwollener Augenbraue, schmerzendem Rücken und aufgeschürftem Kinn in seinem Hotelzimmer, hielt den bleichen Zettel in der Hand, den ihm die Frau an der Rezeption übergeben hatte. Sie hatte ihn in einer Mischung aus Unglaube und Sorge angesehen. Doch ehe sie etwas sagen konnte, war er hinüber zu den Aufzügen gegangen.

Mit dem unverletzten Auge las er noch einmal Annes Nachricht. In ihrer luftigen sich leicht nach rechts neigenden Handschrift hatte sie geschrieben: »Ich konnte leider nicht länger warten. Pass auf dich auf! Anne.«

Wahrscheinlich saß sie bereits in der Abfertigungshalle, wartete darauf, dass ihr Flug aufgerufen wurde und dachte an die zurückliegenden Tage wie an einen wirren, grell ausgeleuchteten Kurzfilm, dessen Botschaft sich ihr trotz intensivem Nachdenken partout nicht erschloss. Die Wahl ihrer Worte verriet ihm, das auch sie offenbar akzeptiert hatte, dass ihre Wege sich an dieser Stelle trennten.

Er schob den Zettel in seine Hosentasche, trat ans Fenster und sah hinunter auf die Dächer und Türme. Die Schmerzen würden alles andere eine Zeit lang überdecken. Er dachte: Wenn Luise mich so gesehen hätte, was hätte sie wohl dazu gesagt? Angeber? Oder hätte sie ihm bloß ein mitleidiges Du dummer Kerl!, hingeworfen und sich abgewendet?

Als Dreizehnjährige hatte sie eine Phase heftigen Jähzorns durchlebt, hatte sich oft geprügelt, und zwar jungenhaft, indem sie ihren Gegnerinnen ungeniert mit den Fäusten ins Gesicht schlug. Einer Mitschülerin hatte sie dabei sogar das Nasenbein gebrochen.

Die Mutter war deswegen ein paar Mal in die Schule bestellt worden. Und eine Zeit lang schwebte die Vorstellung im Raum, Luise müsse wegen ihres Jähzorns einen Psychologen aufsuchen. Und, sofern sie sich dann nicht besserte, sogar eine Weile vom Unterricht ausgeschlossen werden. Irgendwann aber war sie wieder zu der alten, sanftmütigen Luise geworden und schien ausgeglichen wie zuvor, als könne sie hinter das Projekt »Aggression« einen großen Haken machen.

Er warf die verdreckte und mit Blutspritzern übersäte Jacke auf den Sessel und legte sich aufs Bett. Er begann zu frieren, obwohl das große Fenster, in dem sich ein aschgrauer Himmel zeigte, geschlossen war.

Er öffnete den Reißverschluss seiner Hose, schob beide Hände unter den Bund der Boxershorts und legte jeweils eine Hand auf einen Oberschenkel. Dann schloss er die Augen und lauschte lange reglos auf das ferne, gleichmäßige Rauschen des Verkehrs unten in den Straßen.

Ginger & Fred. Ken & Barbie. Bonny & Clyde. Susi & Strolch. Popeye & Olivia. Lennart & Luise … leierte es auf einmal in seinem Kopf. Ja, ja. Und wenn sie nicht gestorben sind, dann…

»Hör auf! Nicht denken«, murmelte er zuletzt, »wer denkt, ist verloren!« Dann schloss er die Augen und gab sich ganz dem Pulsieren in der geschwollenen Braue hin.

Doch kaum war er ein paar Minuten dahin getrieben in der schützenden Dunkelheit, holte ihn das drängelnde Vibrieren seines Smartphones abrupt in die diesige Helligkeit seines Hotelzimmers zurück.

»Hallo?«, sagte Halm und presste das Telefon ans Ohr.

In der leichten Luftbewegung der eingeschalteten Klimaanlage bewegte sich da oben eine Spinnwebe sacht hin und her, schien ihm zu winken wie eine Hand.

»Aranda hier!«, hörte er eine Stimme sagen. »Ich habe vorhin vergessen zu sagen, dass Helmut Mendel, der Mann ihrer Schwester, gegen Abend in Barcelona eintreffen wird. Vielleicht wollen Sie sich mit ihm unterhalten. Kommen Sie gegen halb acht in mein Büro, dann sollte Herr Mendel hier sein!«

»Danke!«, sagte Halm und beendete das Gespräch. Sie hatten Helmut ausfindig gemacht, aber was war mit Henry? Wusste der Junge, dass seine Mutter tot war, und auf welche Weise sie starb?

Er ließ das Telefon neben sich aufs Bett fallen und starrte mit dem unverletzten Auge wieder hinauf an die Decke.

Plötzlich blieb die Zeit stehen, machte einen großen Schritt zurück und Halm war wieder der Neunjährige, den man wegen starker Unterleibsschmerzen spät abends in jenes Dreifaltigkeits-Krankenhaus gebracht hatte, in welchem sie, Luise und er, 1974 geboren worden waren. Nach kurzer Untersuchung hatte ihnen der Chirurg unmissverständlich mitgeteilt, dass er umgehend operiert werden müsse, weil der Blinddarm bereits durchgebrochen sei und es am nächsten Tag vielleicht schon zu spät sein könne.

Eine halbe Stunde später hatte man ihm ein weißes Baumwollleibchen angezogen und ihn auf den Operationstisch gebettet, die Äthermaske auf sein Gesicht gelegt und ihn gebeten, von zehn an rückwärts zu zählen. Er war gerademal bis sieben gekommen, als er das Bewusstsein verlor.

Am nächsten Morgen hatte Luise an seinem Bett gesessen, ihn vorwurfsvoll angesehen und in Anspielung auf sein mögliches Ende gesagt: »Wolltest du dich etwa klammheimlich davon machen und mich im Stich lassen? Ja, wolltest du das? Mich mit den Eltern allein lassen?«

Hatte sie damals Angst um ihn gehabt, weil sie in Wahrheit Angst um sich selbst gehabt hatte? Das fragte er sich jetzt.

»Nothing is real«, sangen Paul McCartney und John Lennon in Luises Lieblingslied der Beatles, dem Song »Strawberry Fields Forever«. Ob sie nun in den darin besungenen ambrosischen Erdbeerfeldern saß, unter einem Marmeladenhimmel, und glücklich war, weil sie allem quälend Irdischen entkommen,und nichts mehr real war?

Und was war mit Anne? Was wurde aus ihr? Er stellte sie sich an Bord der in Richtung Düsseldorf kleiner werdenden German Wings-Maschine vor, und wie sie aus dem Fensteroval hinunter auf das unter ihr zurückbleibende Barcelona blickte.

Plötzlich war diese junge schöne Frau da gewesen, war in sein Leben gekommen, und eine Zeit lang darin herum gegangen wie in einem Ausstellungsraum. Bis sie genug gesehen hatte und wieder verschwand.

Wo würde sie sein, wenn er wieder zurück in Köln wäre und versuchte, das alte Leben wiederaufzunehmen? In Barcelona, der Stadt ihrer kleinen unerfüllten Liebe? Oder schon in London oder Paris, weil sie sich in Spanien in einen Engländer oder Franzosen verliebt hatte, der ihr statt der kleinen die große Liebe bieten konnte?

Du wirst mir fehlen, Halm!, hatte sie in diesem Zimmer und in diesem Bett liegend zärtlich gegen sein Ohr gehaucht, und auf die Frage, was genau ihr von ihm fehlen werde, Alles! geantwortet.

Er sah auf seine Smartphone-Uhr, sie zeigte kurz vor zwei. In nicht mehr ganz sechs Stunden würde er Mendel sehen. Genug Zeit, um sich zu erholen und halbwegs wieder in Form zu bringen.

Mendel

»Beim Duschen gestürzt?«, fragte Mendel, als Halm den Raum betrat und ihm gegenüber Platz nahm. Dabei ließ er seinen Blick prüfend über Halms zerschundenes Gesicht wandern.

»Kann sein!«, antwortete Halm knapp.

Mendel saß ihm gegenüber, war da und wirkte doch seltsam abwesend. Seine rostbraune Cordjacke war fadenscheinig, darunter trug er ein rosafarbenes T-Shirt, dessen Brustteil die schwarze Aufschrift Das Wahre behüten zierte.

Helmut Mendel erinnerte ihn an einen alten, ausgedienten Indianerhäuptling, der sein langes graues Haar am Hinterkopf zu einem Zopf zusammengebunden hatte. Wie alt mochte dieser Mann inzwischen sein?

Sein hageres Gesicht hatte sich in einen dichten, ebenfalls stahlgrauen Vollbart zurückgezogen. Das Blau seiner kleinen, eng beieinander stehenden Augen, das einmal strahlend gewesen sein musste, wirkte verwaschen und blass, und die Haut über den Wangenknochen hatte jede Spannkraft verloren. Von winzigen geplatzten Adern durchsetzt fiel sie schlaff und wellig herab. Nur die Spitze seiner markanten Nase verlieh seinem ausgezehrten Gesicht einen letzten Rest von Entschlossenheit.

Halm versuchte, sich seine Schwester, eine zeitlebens bewegliche, feingliedrige Person, neben diesem massigen, gedrungenen Menschen vorzustellen.

Luise war zierlich und agil gewesen, dieser Mann behäbig und schwer. Wahrscheinlich hatte sie sich seinerzeit ganz bewusst einen wie Mendel gesucht, von dem keinerlei Gefahr für sie ausging und in dessen bäriger Erscheinung sie gleichzeitig jenen Schutz und jene Sicherheit fand, nach der es sie damals, eben sechzehn geworden und von zuhause geflohen, so dringend verlangte? Bis sie den Vater woanders zu suchen begann.

»Wir dürfen keine Mühen scheuen, um zu verstehen, was in ihr vorging!«, sagte Mendel in einem priesterlichen Sing-Sang, und löste den Blick von seinen schweren und an vielen Stellen schwieligen Händen, die er zuvor angestarrt hatte. »Luise hat immer an der Selbstverwirklichung ihres Lebens gearbeitet. Sie hätten mal sehen sollen, wie sie in ihrem Garten war! Vielleicht gehörte dieser letzte dramatische Akt zu ihrer Selbstverwirklichungsfama und ihrer Suche nach Sinn dazu?«

»Die Ermordung zahlloser Unschuldiger?«, warf Halm ein. »Das meinen Sie doch nicht ernst, oder?«

Doch Mendel schien sichtbar zufrieden mit dem Gesagten. »Sie war ein ganz besonderer Mensch!«

»Ein ganz besonderer Mensch?«, rief Halm erregt. »Meine Schwester war eine gottverdammte Terroristin!« Er vermied es bewusst, Mendel zu duzen.

»Das verstehst du nicht!«, erwiderte der unbeeindruckt und begann selbstzufrieden die großen Hände aneinander zu reiben wie zwei Steine, als wolle er Feuerfunken mit ihnen erzeugen. Wofür? Um das Zimmer, das Haus, die ganze Stadt in Brand zu setzen? Und damit die von Luise begonnene Sache zu Ende zu bringen?

»Was gibt es da nicht zu verstehen?«, insistierte Halm, »meine Zwillingsschwester hat zahllose Familien mit ihrer Tat dauerhaft ins Unglück gestürzt! Sie hat für ein krankes Verbrechersystem gemordet! Ganz davon abgesehen habe ich den Menschen verloren, der mir lange Zeit am nächsten war! Ich habe Luise geliebt! Aber scheinbar überhaupt nicht gekannt! Ich weiß nicht, wer die Person war, die die Sprengladung gezündet hat? Wissen Sie es? Offenbar, sonst würden Sie nicht so selbstgefällig reden! Für mich ist das alles unbegreiflich! Und das verstehen Sie anscheinend nicht!« Halm fuhr sich mit einer ruckartigen Bewegung durch die Haare.

Durch die leicht milchige Trennglasscheibe konnte er sehen, wie Aranda draußen auf dem kleinen Flur stand und sich mit einem Kollegen unterhielt. Er würde wohl jeden Moment sein Büro betreten.

»Ja, beschimpf mich ruhig! Nur zu«, erwiderte Mendel und deutete ein überlegenes Grinsen an. Er hörte nicht auf, Halm zu duzen.

Halm hob seinen Blick und dachte: Der Begriff Schuldbewusstsein kommt im Kosmos dieses Mannes, dessen T-Shirt-Aufdruck das Wahre zu behüten proklamiert, offenbar nicht vor. Oder jedenfalls nicht in Bezug auf die Frau, mit der er einen Sohn hatte.

Was hatte Luise bei diesem Mann gesucht und offenkundig eine ganze Zeit lang auch gefunden? Abgeklärtheit? Reife und Gelassenheit? Die Erfahrung eines Menschen, der sich nicht mehr neu erfinden musste und ihr das geben konnte, was der Vater ihr dauerhaft vorenthalten hatte, nämlich jene unbedingte Wärme erzeugende Nähe, die ein junger Mensch braucht, um nicht vor der Zeit zu erfrieren. Außerdem hatte dieser Mann ihr einen Sohn geschenkt und ihr damit die sichtbare physische Verlängerung ihres eigenen Lebens über dessen begrenzte Dauer hinaus beschert.

»Luise hat uns verlassen, um nicht eines Tages sagen zu müssen: Ich kann euch nicht mehr sehen! Denn wir alle haben gewusst, dass sie das Leben, wie wir drei es da draußen in den Bergen geführt hatten, nicht auf Dauer würde leben können. Dafür war sie von ihrer Natur her viel zu unstet! Sie war eine Getriebene, die versucht hat, mit der Natur und ihren unwandelbaren Gesetzen Freundschaft zu schließen. Eine Zeit lang ist ihr das auch geglückt.«

»Wann?«, sagte Halm.

»Was wann?«. fragte Mendel, der nicht verstand.

»Wann hat sie Sie verlassen?«

»Oh, das ist schon eine Weile her. Ich hab nicht auf den Kalender gesehen!«, sagte er tonlos.

Halm war sprachlos über das offenbar alles verzeihende, alles verdrängende Phlegma dieses Mannes. Dazu die gleichmütige Art, wie er von Luise sprach, nämlich wie ein Sektenführer, der den Tod einer seiner Anhängerinnen zu beklagen hatte in dem Wissen, dass noch genug andere blieben, die ihm huldigten. Dabei hatte sie ihn am Ende weggeworfen wie einen alten ausgelatschten Schuh. Woher nahm dieser Kerl nur seine unerschütterliche Duldsamkeit? Oder war Mendels vermeintliche Sanftmut in Wahrheit bloß grenzenlose Naivität? Dickfelligkeit? Ausgemachte Dummheit? Denn offensichtlich rief Luises Tat weder Unverständnis noch Irritation in diesem Mann hervor! Nicht das geringste Entsetzen.

»Wir konnten ihr auf Dauer nicht das geben, was sie zum Leben brauchte!«, raunte er. »Also hat sie es woanders gesucht. Das muss man akzeptieren!«

Da, endlich, schien wenigstens ein Fünkchen eigenen Versagens erkennbar! Das Eingeständnis einer gewissen Mitschuld an ihrem Weggang und ihrer Veränderung. Doch um sie zu bedauern oder gar zu beweinen, schien Mendel viel zu tief in seinem demütigen Glauben an die Schicksalsgelenktheit des Menschen zu ruhen. Hinnehmen, akzeptieren, verzeihen schien sein unerschütterliches Credo zu lauten.

»Und was sagt Henry dazu, dass seine Mutter im Namen des IS 81 Leute in die Luft gejagt hat? Dass sie eine Terroristin war?«, rief Halm, der sich beherrschen musste, um nicht augenblicklich aus dem Zimmer zu laufen. »Oder dass er eine Schwester hat, das Kind eines IS-Kämpfers? Eine kleine Gotteskriegerin?«

Doch wie war das möglich?

»Henry weiß nichts, er ist seit drei Monaten in Indien unterwegs!«, erhielt er als Antwort und sah, dass Mendel erschrocken, sogleich aber bemüht war, sich seine Bestürzung, die mehr sein musste, nämlich Entsetzen, nicht anmerken zu lassen.

»Aber« setzte er an und stockte kurz, »er wird damit leben. Henry wird sie nicht verurteilen, nicht dafür! Er liebt seine Mutter!«

»Aha, 81 Tote reichen also nicht aus, um sie zu verurteilen?«, fragte Halm provozierend. »Was muss ein Mensch anstellen, damit Henry sich empört?«

»Jetzt wirst du polemisch!«, erwiderte Mendel kühl und fasste in das Gestrüpp seines Vollbarts.

»Du solltest als Prediger arbeiten, so wie du redest! Wirklich unglaublich!«, rief Halm außer sich und sprang auf, er hatte genug von Mendels Geschwafel über Vergebung und Demut.

Er lief zu den Aufzügen, vorbei an Jéfe Aranda, der ihm wortlos hinterherblickte.

Was hatte er sich denn erhofft von der Begegnung mit dem Mann, der Luise seit ihrem fünfzehnten Lebensjahr kannte? Eine unverzerrte Schilderung ihres Lebens in den letzten Jahren? Die nachvollziehbare Beschreibung ihrer folgenschweren Verwandlung und Verirrung bis hin zur völligen Entfremdung? Etwas in der Art? Ja! Erklärungen, mit denen er etwas anfangen konnte.

Die Kabinentür rollte auf und Halm trat in den Aufzug. Er drückte den Knopf Planta baja, Erdgeschoss, und verfolgte reglos, wie die Kabine hinabsank und die Zahlenknöpfe in abnehmender Reihenfolge aufleuchteten und wieder erloschen.

Unten angekommen lief er an dem uniformierten Pförtner vorbei hinaus auf die Straße, hinein in eine wie eben erst entstandene Welt voller Lichter und Geheimnisse.

»Luise!«, hörte er sich plötzlich in das stete Rauschen der mit eingeschalteten Scheinwerfern vorbeifahrenden Autos sagen, »Oh, Luise!« Doch er hätte nicht gewusst, was er ihr hätte sagen sollen, wenn seine Stimme bis zu ihr gedrungen wäre.

Köln

Elf Tage später

»Vergiss nicht, die Kinder abzuholen, Walter! Hörst du, was ich sage?!«, sagte sie und sah ihn mit weit aufgerissenen Augen an.

»Ja, ich höre!«, sagte Halm und strich seiner Mutter beschwichtigend über das aschgraue, drahtige Haar.

Die Mutter ruckte einmal kurz mit dem kleinen, kantig gewordenen Schädel, schob das spitze Kinn ein paar Zentimeter eigensinnig nach vorn und fragte, wobei sich ihre kleinen Vogelaugen wieder eine Spur zu weiten schienen: »Wann kommt Luise?«

»Bald!« antwortete er, »sehr bald!«

»Das ist gut«, sagte die Mutter. Ein dürres Lächeln legte sich über ihr faltiges Gesicht und umspielte ihren kleinen farblosen Mund. Die transparente, leicht gelbstichig gewordene Haut ließ bereits den Totenschädel darunter erahnen.

»Lennart ist ein guter Junge, oh ja!«, sagte sie und drückte seinen Daumen, den sie wie ein Kind mit ihrer Hand umschloss. »Warum bist du nur immer so streng zu den beiden!«

»Hast du die Kinder abgeholt, Walter?«, fragte die Mutter wieder, augenblicklich erfasst von einer fühlbaren Unruhe. »Die Kinder, Walter! Nicht dass sie vor der Turnhalle stehen und keiner kommt!«

»Keine Sorge, die Kinder sind längst zuhause!«, sagte Halm, »es ist alles gut, beruhige dich! Komm, trink lieber einen Schluck!«

»Ah ja«, machte die Mutter und nickte. »Auch Luise?«

»Ja, auch Luise!«, sagte Halm.

Er griff nach der auf dem Tisch stehenden Teetasse und führte sie an ihren Mund. Unterstützend hielt die Mutter deren Boden und trank langsam und in kleinen Schlucken.

Er starrte auf ihren Kehlkopf, der von der kraftlosen, wellig gewordenen Haut überzogen auf und ab ruckte, und verfolgte dessen natürliche Mechanik, das funktionierende Zusammenspiel von Sehnen, Muskeln und Knochen.

Am Vortag hatte im kleinen Kreis auf dem Melaten-Friedhof Luises Beisetzung stattgefunden. Halm hatte eine Urne besorgt und die Asche des Holzkranichs, den er zuvor in einem Blecheimer unten im Hof verbrannt hatte, anstelle von Luises sterblichen Überresten damit gefüllt.

Der von ihm bestellte Pfarrer hatte in seiner kurzen Rede davon gesprochen, dass Luise zeitlebens eine Suchende gewesen sei, bis zum Schluss. Und dass sie dieser Suche am Ende sogar eine mögliche Zukunft geopfert habe in dem Glauben, am Ziel angekommen zu sein. Niemand dürfe ihre Seele verteufeln, ganz gleich, was sie getan habe, denn zum Menschsein, das könne jeder der Anwesenden aus eigener Erfahrung bezeugen, gehöre der Irrtum dazu. Aus ihm lernten wir, er bringe uns weiter und führe uns zur Einsicht. So müsse man, wenn man der Toten von Sant Andreu gedenke, Luise in seine Gedanken mit einschließen. Sie habe Sinn gesucht und sei leider, das dürfe er wohl sagen, auf Erden nicht fündig geworden. Doch für die Anstrengungen, die sie unternommen habe, und da klammere er ihre Tat ausdrücklich aus, gebühre ihr unser aller Respekt. Leben heiße Suchen, Finden und Wiederverlieren. Zu dieser Reise seien wir Menschenwesen verurteilt, zum Unterwegssein. Einer Reise mit offenem Ausgang. Niemand wisse, was am Ende in seinen Schicksalskarten liege und wohin ihn diese Reise führe. Luise habe geglaubt, es zu wissen und zuletzt danach gehandelt. So möge ihre Seele in Frieden ruhen, und dort, in jenen Räumen, in die sie vor den Zeiten dahin gegangen sei, auch jenen Sinn erblicken, nachdem sie zeit ihres zu früh zu Ende gegangenen Lebens gesucht habe!

Lydia, Felipes Tochter, hatte am Telefon, als Halm sie zwei Tage zuvor in ihrem kleinen Laden anrief, um sich für sein wortloses Verschwinden zu entschuldigen, gesagt: »Luise ist wohl eine Zeit lang so etwas wie eine Freundin gewesen, jedenfalls dachte ich das. Und ich bin ihr wirklich dankbar für alles, was sie für mich getan hat. Doch inzwischen weiß ich, dass ich sie gar nicht gekannt habe. Wahrscheinlich hat sie niemand wirklich gekannt, nicht einmal Sie. Was sie getan hat, ist abscheulich!«

Im Anschluss an die Beisetzung hatte er in ein nahegelegenes Restaurant gebeten. Zu ihrer kleinen Tischrunde hatten in dem nahe gelegenen Restaurant, in dem sie beim Essen saßen, neben Rebecca, seinen Universitätskollegen Klaas Winterberg, Hans Selke und Irene Neuhaus, Parminder und seinen beiden anderen wissenschaftlichen Hilfskräften Andrea und Benjamin auch Helmut Mendel gezählt.

Mendel hatte zunächst kaum ein Wort mit ihm gesprochen und auch im Restaurant bewusst einen Platz am äußersten Rand gewählt, der ihm die Chance bot, Teil der kleinen Runde zu sein, ohne diese groß mit Worten und Gedanken bereichern zu müssen.

Erst als die Trauergesellschaft sich auf dem Restaurantparkplatz auflöste, trat er vor Halm hin, reichte ihm die Hand und sagte, bevor er sich umdrehte und in Richtung Straßenbahnhaltestelle verschwand: »Freunde werden wir in diesem Leben wohl nicht mehr! Aber das müssen wir ja auch nicht. Luise war, wie sie war. Ich habe sie bis zuletzt geliebt! Trotz allem Lass es dir gut gehen, Lennart!«

Rebecca hatte ihm angeboten, eine Weile bei ihm zu wohnen, in der ersten Zeit, doch Halm hatte ihr Angebot freundlich, aber bestimmt ausgeschlagen.

»Ich brauche diese Zeit jetzt einfach für mich!«, sagte er, las viel, schlief viel und sah sich alte Filme an.

Einmal spielte er kurz mit dem Gedanken, Anne anzurufen. Und ein paar Mal war in ihm die Idee aufgestiegen, sich nach Syrien aufzumachen und diesen Abu Silal ausfindig zu machen, um sich an ihm für all das zu rächen, was er ihnen angetan hatte. Jedes Mal hatte er sich von Neuem sogleich in eine blinde Wut hineingesteigert, besessen von der Vorstellung, erst wieder Ruhe zu finden, wenn er Rache geübt hätte. Doch sobald sein Zorn und seine Erregung schwächer geworden waren und er wieder klarer sah, erkannte er, wie idiotisch diese Vorstellung war.

»Wann kommt endlich Luise?«, fragte die Mutter wieder mit einem quengelnden, fordernden Unterton in der rauen Stimme.

»Bald!«, sagte Halm. »Sie kommt dich bald besuchen!«

»Meinst du wirklich?«, sagte die Mutter ungläubig und ruckte mit dem Kopf. »Und Lennart? Kommt der auch?«

»Aber ja!«, sagte er und strich ihr wieder zärtlich über das widerspenstige, an ein feines Nest aus starren Silberdrähten erinnernde Haar. »Beide werden kommen! Lennart und Luise, sie sind doch deine Kinder!«

Zwei Stunden später stand Halm im zur Hälfte mit Studenten gefüllten Seminarraum U.17 an der Tafel und hielt ein neues Stück schneeweißer Kreide in der Hand. Er war dabei, Merkmale einer Kurzgeschichte anzuschreiben, als es ihm, vielleicht weil er zu fest aufgedrückt hatte, vielleicht weil es bereits brüchig gewesen war, abbrach, und zwar ziemlich genau in der Mitte.

Sekundenlang starrte Halm unschlüssig auf das am Boden liegende Stück. Er spielte mit dem Gedanken, es aufzuheben, entschied sich aber dagegen und setzte das Schreiben mit der übriggebliebenen Hälfte fort.

Postfach 12 03 07 | 10593 Berlin
www.transit-verlag.de

Umschlaggestaltung, unter Verwendung
eines Fotos von Antonio Cansino,
und Layout: Gudrun Fröba
Druck und Bindung: GGP, Deutschland
ISBN 978-3-88747-375-4

FSC
www.fsc.org
MIX
Papier aus verantwortungsvollen Quellen
FSC® C014496

LESEN SIE WEITER:

Christoph Nix
MUZUNGU
208 Seiten, gebunden mit Schutzumschlag
ISBN 978-3-88747-362-4. Auch als ebook

Christoph Nix
LOMÉ – DER AUFSTAND
160 Seiten, gebunden mit Schutzumschlag
ISBN 978-3-88747-376-1. Auch als ebook

Gerd Zahner
KEINER VERLIERT ALLEIN
144 Seiten, gebunden mit Schutzumschlag
ISBN 978-3-88747-371-6. Auch als ebook

Gerd Zahner
GOSTER
144 Seiten, gebunden mit Schutzumschlag
ISBN 978-3-88747-365-5. Auch als ebook

Mukoma wa Ngugi
BLACK STAR NAIROBI
256 Seiten, gebunden mit Schutzumschlag
ISBN 978-3-88747-314-3. Auch als ebook

Marion Schmid
AUSGEKOCHT
124 Seiten, gebunden mit Schutzumschlag
ISBN 978-3-88747-367-9. Auch als ebook